ふたり腐《ぐさ》れ

櫛木理宇

RIU KUSHIKI

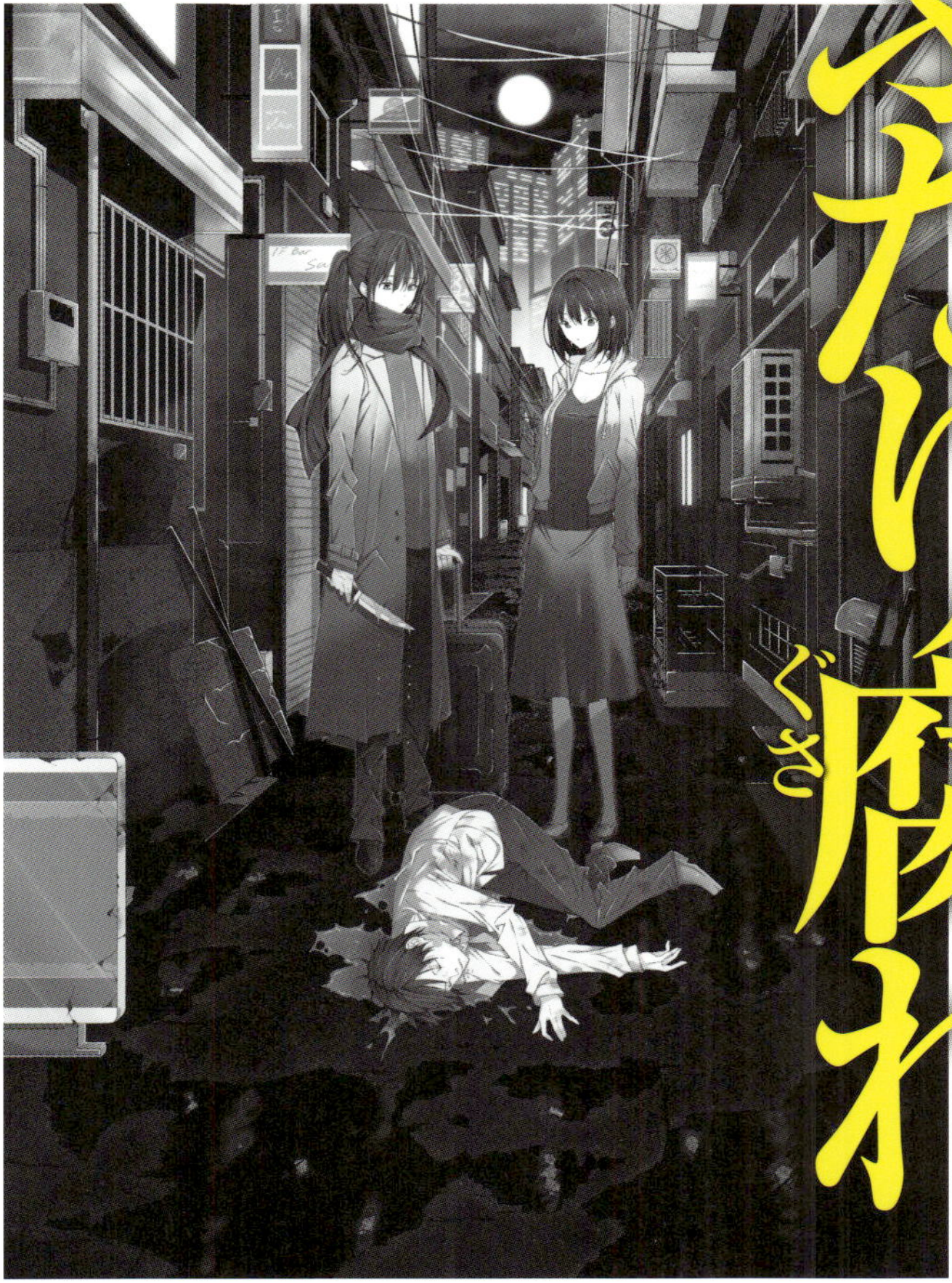

早川書房

ふたり腐《ぐさ》れ

Cover Illustration = shimano
Cover Design = 岩郷重力＋Y.S

目次

プロローグ　5
第一章　13
第二章　85
第三章　137
第四章　185
第五章　243
エピローグ　317
引用・参考文献　331

プロローグ

市果《いちか》は眠りが浅い。

子どもの頃からそうだった。二時間以上、つづけて眠れたためしがない。ちょっとした物音や光で、すぐにびくりと目を覚ます。浅い眠りの中でいやな夢ばかり見る。

ゆっくりまぶたを上げると、バスは歓楽街に差しかかりつつあった。

バスの振動は心地よく、シートは温かい。眠るには最適なはずなのに、とろとろとまどろむしかできない自分の体質を、彼女はすこし恨めしく思う。

「起きて」

横で舟を漕いでいる〝女〟の肩を、市果は軽く揺すった。

ウールのロングコートに包まれた肩は、市果よりずっと骨太だ。寝がえりではずれたマスクが、片方の耳にかろうじて引っかかっている。

「起きて。……そろそろだよ」

間近で見ると、〝女〟のファンデーションはこってり厚塗りだ。その顎や鼻下から、伸びた髭が点々と黒く突きだしている。

棘のようだ。市果は思った。この女は、顎から棘が生えてくる。

――なぜって、全身が凶器だから。

ううん、と〝女〟が唸った。頭を振り、目を擦る。アイラインがよれちゃうよ。市果は胸中でつぶやいて、

「……降りるの、次だよね？」

降車ボタンに手を伸ばした。


夜十時過ぎの歓楽街は、人でいっぱいだった。

寒いはずなのに、心なしかこの一帯だけ生暖かい。空気が脂っぽい。

酔っぱらいの団体とすれ違うたび、酒気が「むわぁっ」と顔に吹きかかる錯覚を起こす。

お好み焼き屋。串かつ屋、焼き鳥屋。カラオケバー。居酒屋。ショットバー。ガールズバー。キャバクラ。

歩を進めるごとに、看板が猥雑《わいざつ》になる。おっぱいパブ。ホストクラブ。フィリピンパブ。看板に『デブ専』『熟女』『人妻』等々の文字が躍りはじめる。ネオンサインがより派手に、下品な色あいになっていく。

そんな小路を、市果は〝女〟と肩を並べて歩く。

〝女〟は、小柄な市果より十センチ以上背が高い。ぶ厚いコートを着込み、首もとをモスグリーンのマフラーでぐるぐる巻きにしている。

「なにか食べようか？」

〝女〟は答えない。歩きつづける。しかたなく市果は黙った。

女の二人連れと見て、何人かの酔っぱらいが「一緒に飲まない？」「どこ行くの？」と声をかけてくる。それも無視して、二人は早足で進む。

歓楽街のネオンサインはぎらぎらと派手なのに、なぜかうら寂しい。

どの街もそうだ。どんなに満艦飾《まんかんしょく》の極彩色で飾っても、どこかいじましく、貧乏くさい。全然ゴージャスになんか見えない。

――お腹がすいた。

口の中でつぶやきながら、市果は歩く。

今日は昼も夜も食べていない。ネットカフェで、無料サービスの朝食を食べたっきりだ。ケチャップ付きのフライドポテトと、バタートースト半切れ。あとはドリンクバーのココアに、水っぽいオレンジジュース。

――お腹がすいた。

でも「食べさせて」なんて言えない。

ここ数日、市果は深く考えるのをやめていた。いまはこの〝女〟に、黙ってついていくしかない。

ほかにどうしようもない。

さらに数分歩いたところで、〝女〟が足を止めた。

喧嘩だ。小路の向こうで、酔っぱらい同士が殴りあっていた。

なかなかに激しい喧嘩だ。スーツ姿の男二人がもつれあい、鼻血を出している。片方は紺のスーツ。

もう一人はグレイのスーツ。

「ざけんな」

「ぶっ殺す」

「やってみろや、オラァ」

と拳を振りたて、つばを飛ばしている。まわりには野次馬が十数人ほど集まっていた。

市果は〝女〟とともに、ビルの陰に隠れた。〝女〟がスマートフォンを取りだし、眺めるふりをする。

数日前、ファミレスで盗んだスマートフォンだった。持ち主が通信会社に連絡して止めたらしく、とっくに使えない。けれど市井にまぎれこむ小道具として、〝女〟はそのまま持ちつづけていた。

怒声が止んだ。

喧嘩が終わったらしい。市果は首を伸ばし、そっと彼らをうかがった。

捨て台詞を吐いて、紺のほうが離れていく。グレイは地面に尻を落とし、しきりに顔を拭っていた。

グレイが「くそっ」「くそっ」泣くような声で数回つぶやき、己の膝を殴る。それから看板灯籠《どうろう》にすがるようにして、よろめきながら立ちあがる。そうとう、紺にこっぴどくやられたようだ。膝ががくがくしていた。

野次馬が散っていく。市果に向かって〝女〟が顎をしゃくる。

市果はうなずき、〝女〟と歩きだした。

よろめきながら歩いていくグレイを、数メートルの間隔を保って追う。足音を殺し尾行していく。

歓楽街を抜けると、夜気は一気にしんと冷えた。酒や揚げ油の匂いが消えて、この季節特有の乾いた匂いに変わる。不用意に吸いこむと、鼻の奥が冷たく痛む。

信号のない十字路を、グレイの背中が右に曲がった。

それを機に、景色が一変した。

まるで人気《ひとけ》がない。街灯もない。グレイは背後の気配に気づかないのか、振りかえりもしない。ときおりふらふらと蛇行しながらも、おそらく自宅に向かってだろう、迷わず進んでいく。

そのときだ。

〝女〟が突然走りだした。

コートに隠し持っていた鉄パイプを抜く。陽が沈まぬうちに、工事現場から盗んだ鉄パイプだ。グレイに追いつく。利き手を振りあげる。

気配に気づき、グレイが振りかえった。

だが、もう遅かった。

鉄パイプの渾身の一撃が、彼の頭頂部を割った。

グレイは悲鳴ひとつ上げなかった。「くぅ」と空気が洩れるような、奇妙な呻《うめ》きを洩らしただけだ。

膝がかくんと折れ、その場に人形のようにくずおれた。

〝女〟は、さらにグレイの頭を二回殴った。

市果はわざとゆっくり歩いて追いついた。足を止め、〝女〟の体越しに、おそるおそるグレイを覗きこむ。

完全に死んでいた。

舌が、不気味な角度で口からはみだしている。眼球は飛び出す寸前に見えた。頭はぱっくり割れ、熟れた柘榴《ざくろ》さながらだ。

「……さっきの喧嘩相手がやったって、見せかけるため？」

市果は小声で訊いた。

さきほどの喧嘩は、何人もが目撃している。疑われるのはきっとあの紺スーツだ。まだ怒りのおさまらぬ彼が、追ってきてグレイをさらに殴った――。そんなシナリオを、警察が描くと予測してだろう、と。

しかし〝女〟は「ううん」と首を横に振った。

「単純に、弱ってたから」

ざらついたハスキーボイスだった。

気づけばマフラーがほどけ、〝女〟の喉ぼとけが剝きだしになっていた。厚いコートでごまかした骨格。とうに声変わりの済んだハスキーボイス。伸びた髭。喉ぼとけ。

「弱ってるやつを狙うほうが、効率いいでしょ」

「そっか」

賢いね、と市果は低く言う。さりげなく死体から目をそらす。

――深く考えても、しょうがない。

ふたたび己に言い聞かせた。

いまの自分は、この〝女〟についていくしかない。だって逆らったら、このグレイと同じ目に遭う。柘榴みたいに頭を割られた、もの言わぬ死体にされてしまう。

〝女〟はコートの右ポケットから、ビニール手袋を取りだした。

台所仕事で使うような、透明のビニール手袋だ。グレイにかがみこみ、手早く体を探る。

尻ポケットに黒革の財布があった。中身は現金四万二千円。キャッシュカード。保険証。運転免許証。クレジットカード。診察券。ポイントカード。

現金四万円と、保険証だけ抜いた。身分証明書を流用する機会はあまりない。けれど、ネットカフェの会員証くらいなら作れるかもしれない。

〝女〟は市果にも同じ手袋を一組手渡した。

「早く着けて。あんたはそっちね」

言いながら、グレイのジャケットの右袖を掴む。

指示どおりに市果は左袖を掴んだ。

二人でグレイの死体を引きずる。塀と塀の間に、すっぽりおさまるように隠す。もちろん陽が昇ればすぐ見つかるだろう。けれど暗いうちなら、ぱっと見にはわかるまい。

着けていた手袋を〝女〟がはずし、左ポケットにしまう。

手袋をしないと、やっぱりジャケットから手の脂が検出されたりするのかな――。市果はぼんやり思った。

きっとそうなんだろう。いまは科学捜査の技術が進んでいて、たとえば痴漢がお尻を触ったかそうでないか、スカートの布地を調べればわかるらしい。なにかの小説か漫画で得た知識だった。

「お腹すいた?」

抜いたばかりの現金を〝女〟が掲げる。

「なにか食べようよ。串かつ、おいしそうだったよね」

「うん」

市果はうなずいた。忘れていた空腹感が、途端によみがえった。

串かつのさくっとした衣や、甘いたれの味を思いだし、口中につばが湧く。たったいま死体に触れたばかりだというのに、だ。

「じゃあ戻って、串かつ屋に入ろうか。……ね、あたしといると、いいことあるでしょ？　ごはんだって食べさしてもらえるし」

〝女〟はにっこりした。

「あたしから逃げられるなんて、思わないで」

——思わないよ。

胸中でつぶやき、「うん」といま一度市果はうなずく。

そう、逃げようなんて思ってやしない。

この〝女〟は凶器だ。人を無造作に殺《あや》め、壊す。そこには罪悪感も後悔もない。人のかたちをしたナイフ。凶器に囚われて、逃げられる人間などいない。

市果はネオンサインを振りかえり、

「……また歩かなきゃ」

呆けた声を、夜闇に落とした。

第一章

1

市果はたいてい、一人きりでごはんを食べる。

というか、一人が好きになった。姉と母と三人暮らしの頃は、家族で囲む食卓が楽しみだった。でもここ数年は一人でばかり食べている。

ファミレスで、安い定食屋で、はたまた家で、目の前にあるものを黙々と食べるのが好きだ。誰の声も咀嚼音《そしゃくおん》も気にせず、自分のペースで、スマートフォンやテレビを観ながら食べるのがおいしい。

でも昼間は社員食堂で、同年代の派遣社員同士で固まって食べなければいけない。誰が言いだしたか知らないが、そういう不文律がある。

いつも同じ顔ぶれ、同じテーブルで、頼むメニューもほぼ同じだ。うどんが好きな人はうどん、おにぎり定食の人はおにぎりばかり食べている。話す内容も同じで、噂話か正社員の愚痴が大半である。

だから、晩ごはんのときくらい解放されたい。

――深い打ちあけ話もできる女友達となら、食事だって楽しいだろうけど。

でも市果には、そんな相手はいない。ほしいけれど、いない。

その日、市果は会社から二駅離れた町の居酒屋に入った。店名は『蔵《くら》』だ。

前にも何度か入った店だった。近くに大学があるせいか、学生っぽい一人客が多い。全体に年齢層が若く、女一人でいても奇異な目で見られないのがいい。

――おじさんばかりの居酒屋は、ナンパが多いから面倒だ。

どうしておじさんって、ああ気軽に声をかけてくるんだろう。カウンター席に着き、おしぼりで指さきを温《ぬく》めながら市果は思う。

一面識もない他人なのに、相手が若い女だというだけで「こいつはおれを無視できない」と思いこむ。市果がつれない返事をすると驚き、さも心外だという顔つきで被害者ぶる。ひどいときは、「おれが話しかけてるだろうが！」と、つばを飛ばして怒鳴りだす。

――世の中の女は、みんな自分の部下だとでも思ってるんだろうか。

市果はメニューをひらいた。

「すみません。麦焼酎のお湯割りください。それから、おでんの牛すじ串、うずらのたまご串、大根。全部ひとつずつ」

よろこんでえ。店員が唱和する。

子どもの頃は、おでんなんて好きじゃなかった。ごくたまに母が煮るおでんは茶いろで醤油くさいばかりで、白ごはんのおかずにもいまいちだった。ただでさえ文句の多い姉が、一番嫌っていたメニューだ。

お湯割りはすぐに届いた。

市果はグラスをちびちびやりながら、背後から聞こえてくる会話を聞くともなしに聞く。

「……ほら、ここ数年、〝承認欲求〟って言葉をよく聞くようになったじゃん」

三十前後とおぼしき男の声だった。

学生じゃなさそうだ、と市果は考える。でも世慣れた社会人でもない。オーバードクターってやつだろうか。向かいに座った誰かに、得々とまくしたてている。

「あれだって結局は、自己肯定感の低さが原因なんだよ。自分で自分を認められないから、SNSで『いいね！』をもらったり、迷惑動画で注目されることに喜びを見出す。それを〝歪んでる〟の一言で片づけるのは簡単だけど……」

「お待ちどう。熱いから気を付けて」

カウンターの大将から、おでんの皿を渡される。

「あ、すみません」

市果は手を伸ばして受けとった。

「いただきます」

おでんのひと口目は、大根と決めている。

箸で四つに割り、一切れ頰張る。前歯を立てると、歯の芯に染みるくらい熱い。舌の上で、繊維がほろほろっと崩れた。

「……だからさ、きみみたいな女性には是非、気を付けてほしいんだよね。いや、説教してるわけじゃないよ？　そう取られたら困るけど、ほんと自己肯定感って、女性にこそ必要だと思うから……」

市果は次に、うずら串にいった。

ここのおでんは京風だ。汁が透きとおって、すこしも醬油くさくない。

ひとつ目のうずらは、串からはずしてぱくりと食べた。ふたつ目は箸で割り、黄身を出汁《だし》に溶いた。

「……自己肯定感の低い女性は、なにがまずいかって、友達も恋人もろくでなしばっかり摑んじゃうことだね。普通なら『あ、こいつヤバい』って引いちゃうような場面でも、アンテナが反応しないっていうかさ」

――さっきから、男の声しか聞こえないなあ。

女の相槌はさっぱり聞こえてこない。

男のおしゃべりに倦《う》んでいるのだろうか。それとも熱っぽい視線をうっとり彼に注ぎ、無言でうなずいているのだろうか。

「……ろくでなしと付き合うことの怖さは、共依存だよ。ああいうやつは『捨てられる』と悟ると、全身ですがりついてくる。自己肯定感の低い女性ほど、『自分は求められてる』と思いたがるからね。ほら、よく言う『この人はわたしがいなきゃ駄目なんだ』ってやつ。『この人にはわたしが必要なんだ。わたしなしじゃ駄目な人がこの世にいる。わたしは必要とされてる。嬉しい。嬉しい』ってなっちゃうんだな。実際は誰がそばにいようと、駄目なやつは駄目に決まってんだけど。ははは……」

――ウッザい男。

なにさま？　と内心で吐き捨て、市果はメニューを再度めくる。

――よし。二杯目は出汁割りにしよう。

肴《さかな》はどうしようかな。鯵《あじ》の梅酢《うめず》〆《じめ》？　それとも南蛮漬《なんばんづ》け？　いぶりがっこのクリームチーズ添えに、炒《い》り銀杏《ぎんなん》も悪くない。

「……でもさ、きみみたいな子が来てくれると思わなかったよ。はじめて使ったけど、こういうアプリでの出会いも悪くないな……」

ああ、と市果は納得した。

ああなるほど、初対面の二人なんだ。マッチングアプリを使って待ち合わせたらしい。男の「はじめて使った」という台詞は嘘っぽいが、腑に落ちてすっきりした。

——女の子、よく席を立たないな。我慢強い子。

「すみませーん」

店員に、市果は手を挙げる。

「麦焼酎の出汁割りください。あと鯵の梅酢〆」

「はーい、よろこんでえ」

市果はバッグからスマートフォンを取りだした。

マッチングアプリか。口中でつぶやく。

市果自身は一度も使ったことがない。でも昨今はSNSやネットゲームや、出会い系アプリをきっかけに付き合うのは普通である。結婚までいたるケースも珍しくない。

——美雨《みう》ちゃんだって、そうだ。

姉の美雨は、旦那とネットを介して出会い、結婚した。マッチングアプリではないが、ネットを介して繋がったのは確かである。

それから同僚のモリタさんも、ネトゲが縁で結婚したと聞く。ネトゲのオフ会で夫と出会い、遠距離恋愛の末、二年前に四国から越してきたそうだ。

それを聞いたときは、すごいな、と思った。「よく知らない相手と結婚するために、四国から関東まで来れちゃうなんてすごい」と。

──わたしもそういうの、やったほうがいいのかな。

市果はなんとなく、『マッチングアプリ　登録』で検索した。画面がぱっと切り替わる。タップすると、業界大手らしいサイトに繋がった。

市果は迷った。

いまはまだ一人でいい。というか、一人がいい。

でもいずれ寂しくなったら、こういう手段で誰かと出会うしかないんだろうか。もう二十六歳だし、これまでみたいなわけにはいかない。

たわむれに、SNSアカウントと連携でログインしてみた。

登録画面が表示された。ニックネーム、性別、年齢、居住地を入力しろ、とサイト側が急《せ》かしてくる。

──ニックネーム……。登録するとしたら、チカ、かな。

チカ。女。二十六歳。そこまで打って、いや、もっと若くなきゃ釣れないか、と手を止める。

「はい、出汁割り一丁」

「あ、すみません」

どうしてこういうとき、「あ」っていちいち頭に付けちゃうんだろう。市果は自嘲した。さも〝いまはじめて気づきました〟とアピールするみたいな「あ」だ。自意識過剰っぽくていやなのに、つい咄嗟《とっさ》に発声してしまう。

──ああもう、こんなふうに考えるの、やだな。

やだやだ。きっと後ろの男がぐちゃぐちゃ言うせいだ。しゃべりすぎで、考えすぎる男についつられてしまった。

面倒なことは考えず、流されるまま生きていきたいのに。

子どもの頃から、ひとつところにはとどまれなかった。大人になってからは、目立たず出しゃばらず、なるべく人の記憶には残らぬよう心がけてきた。

ごちゃつくのは嫌いだ。自嘲も自省も嫌い。執着も、もうしたくない。

指がひとりでに動き、ネックレスのトップを触ったそのとき。

新たな客が、市果のすぐ隣に座った。

――女だ。

瞬間的にそう思った。臭いのせいだった。

いい香りではない。香水でも、コスメの匂いでもない。椿油でもシャンプーでもなかった。にもかかわらず、女特有の臭いだと感じた。

しかし、違った。

隣の椅子を引いて座ったのは、男であった。

スマートフォンを伏せ、市果はちらりと横目で〝彼〟をうかがった。

小柄で地味な、ごく普通の男だ。

三十代なかばだろうか。尖った細い鼻梁がやけに目に付く。黒いポリエステルのロングコートに、同じく黒のジャージパンツ。痩せているからだろう、布地がだぶついて見えた。

「梅酢〆のお客さまー」

「あ、はい。こっちです」

――移り香かな。

小鉢を受けとりながら、市果は思った。隣の男がさっきまで恋人と会っていて、その臭いが移ったのかもしれない、と。

――ああそうだ。これって例の臭気だ。

ようやく市果は気づいた。

精いっぱいお上品に言うならば、〝月のもの〟の臭い。女性なら誰もが知っている、体から出た血が古くなって蒸れた臭いであった。

血の臭気をまとった男は店員を呼びとめ、

「……烏龍《ウーロン》ハイひとつ」

妙にこもった声で、ぼそりと言った。

2

フロアいっぱいに『美しく青きドナウ』が低く流れている。

千葉県納重《のえ》市の西納重駅前にあるこのテクニカルサポートセンターでは、昼休みや終業を報せるチャイムの代わり、クラシックの曲が流れる。

チャイムが洩れ聞こえたら、電話の向こうのお客さまが不快に感じるからだそうだ。一班の休憩は『トロイメライ』で、二班の休憩はこの『ドナウ』で報されるのがお決まりであった。

――やっぱこの曲、好きじゃないな。

市果はそうひとりごちる。

なんというか、飽きる曲だ。お上品だけどつまらない旋律。

耳もとでだらだらとクレームを垂れる〝ユーザーさま〟の声を聞きつつ、市果は欠伸《あくび》を嚙みころす。

「おぉい、ちゃんと聞いてっか？　さっきから思ってたけどよう、あんた、態度がなってねえよ。おれのこと、馬鹿にしてっだろ。そういうの、わかんだからな。おれには全部わかんだよ。馬鹿にすんじゃねえよ」

「すみません、お客さま」

正午を過ぎたばかりだというのに、〝ユーザーさま〟はあきらかに酔っていた。

七十代なかばってとこかな。妻は相手にしてくれないか、もしくは熟年離婚されたかだ、と市果はプロファイリングする。

子どもは何人かいるだろう。でも息子も娘もとうに家庭を持ち、うとましがって彼のもとには寄りつかない。ご近所との交流は、ろくになし。親戚付き合いも下手。ご老境によくいるタイプの孤独な男性だ。

「若いからって調子に乗りやがってよう。てめえらなんぞ、いまだけだぞ。股ひらきゃあ男が相手にしてくれっから、勘違いしてんだろ。けどなあ、いまだけだ。あと十年もすりゃ皺くちゃのばばあになんだ。×××おっぴろげて、あはーん、うふーんなんてケツ振っても、おまえにゃ誰も見向きもしねえようになんだかんな」

セクハラの言葉も、さすが歳相応に古くさい。

――ＳＮＳが使えない世代は、電話に頼るしかないもんねえ。

以前テレビで観たが、インターネットで誹謗中傷する世代のトップは五十代男性で、全体の約二十五パーセントにのぼるそうだ。

次いで四十代男性が約二十パーセント。三十代男性が約十五パーセント。この三世代だけで、全体の六割超を占める。そしてコールセンター等へのクレーマーは、圧倒的に老年男性が多い。

――なのに世間では、〝モンスタークレーマー〟っておばさんのイメージが強いんだよね、なんでだろう。

疑問とともに、市果は亡き母をふっと思いだした。

他人にクレームを付けるどころか、いつも屈してばかりだった母。薄っぺらな紙人形のように頼りなく、あちこち放浪するしかなかった母を。

「ごもっともです、お客さま」

「ご意見ありがとうございます。お客さま」

「ご不快に思われたようであれば、お詫びいたします。お客さま」

ひたすら市果は、機械的に繰りかえす。

なんと言われようが、どうせ電話だ。ヘッドセットのスピーカーから拳が出てきて、市果を殴るわけじゃない。言葉じゃ、青あざも火傷もできやしない。

前の職場でも、市果はテレフォンアポインターをしていた。ただしこちらからかける、いわゆるアウトバウンドのテレアポだった。

逆にいまは、相手から来る電話を受けるインバウンドである。内容は問い合わせに答えるか、もしくはクレーム対応だ。

市果としては、受ける側のほうがだんぜん気楽であった。

「糞アマが。てめえな、今度菓子折りでも持って謝りに来い。来なきゃあ許さねえぞ。糞が。そんときゃ、ちゃんと股ぐら洗ってくるんだぞ。きれいなパンツ穿《は》いてこい。てめえ、舐めやがって、糞が……」

向こうの語尾がむにゃむにゃと濁りはじめた。眠くなったらしい。

市果は無言で待った。やがて、一方的に通話が切れた。

ふっと息を吐き、時計を見上げる。

――午後十二時十八分。

お昼休みに二十分近く食いこんでしまった。『休憩』のコマンドをクリックし、ようやくヘッドセットをはずす。

ふと、視線を感じた。市果は振りむいた。

ねちっこい視線に反し、背後に立っていたのは女性であった。

正社員で主任の〝カシワ〟だ。妙に大きく真っ白な前歯を剝きだし、にやにやと笑っている。

「飯島《いいじま》市果さんは、おとなしいねえ」

「は……」

一瞬、市果は反応できなかった。

カシワに反感を覚えたからではない。「飯島市果さん」が誰なのか、咄嗟にわからなかったからだ。

もう二十年以上使っている名だ。なのに、いまだどこか慣れない。

「ほんっと、おとなしいよねえ。ちゃんとまわりと馴染めてる?」

探るように主任は言った。

その制服の胸に留めたネームプレートに〝柏〟の文字はない。当然だ。カシワは渾名《あだな》だからだ。意地悪そうに突き出た口が「にわとりそっくり」だと、派遣たちがひそかに付けた渾名だった。鶏肉のカシワである。

「馴染めてます。ありがとうございます」

わざと棒読みで市果は言った。

語尾に、『美しく青きドナウ』のメロディが重なる。

「ほんとに? なにかあったらいつでも言ってね?」

「ありがとうございます」

市果は繰りかえした。その間にもカシワの視線が、市果の頭のてっぺんから爪さきまでを這いまわる。

小柄で痩せっぽちの体軀。眉を描き、BBクリームを塗っただけの童顔。無個性な黒のミディアムボブ。ピアスは開けておらず、装身具といえば、衿《えり》もとから覗くプラチナのネックレスくらいだ。

ふんと鼻から息を抜き、カシワはつまらなそうに離れていく。

とくに文句を付ける箇所が見つからなかったらしい。制服のスカートから覗いたふくらはぎが、ぼってりと鈍重に太い。

——わたしはべつに、カシワを嫌いじゃないけれど。

でもカシワは「派遣社員全員に嫌われている」と思いこんでおり、こうして定期的に、誰かれかまわずちょっかいをかける。

「その爪、高校生みたいでかーわいい」

「一昨日もそのブラウスじゃなかった？」

「トイレ休憩、長いよね。お腹痛くなりがち？」

等々、わかりやすい嫌味を全方位に投げかけている。

――イイジマイチカさんはおとなしいねえ、か。

イイジマイチカ。市果は口の中で唱える。イイジマイチカ。イイジマイチカ。わたしの名前はイイジマイチカ。

だが何度唱えても、やはり完全に馴染むことはなかった。


社員食堂は混んでいた。

食券機の前ですこし迷ってから、市果は『焼きそば　¥３００』のボタンを押す。出てきた薄ピンクの食券をカウンターに置く。

このサポートセンターはなかなかのホワイト企業だ、と市果は思っている。

ヘルプを出せばすぐに正社員が対処してくれるし、二時間おきに十五分の休憩をくれる。有休の申請届に「私用」と書いたって、誰もいやな顔ひとつしない。

――まあ、それでも〝差別〟はゼロじゃないけれど。

たとえば派遣社員は、正社員と同じエレベータを使えない。一階のトイレに入れば睨まれるし、ロッカールームだって派遣用はずっと狭い。

いま目の前にひろがる光景もそうだ。上座に当たる、光溢れた窓ぎわのテーブルに着けるのは正社員だけなのだ。

トレイに焼きそばをのせ、市果はいつものテーブルに向かった。

メンバーはすでに揃っていた。みな食べ終えて、ポットのほうじ茶を飲んでいる。食器からして、モリタさんはいつものうどん、ヒライさんはおにぎり定食、ハヤシさんはA定食だった。

頭上のテレビでは、お昼のニュースが流れている。

「いただきます」

掌を合わせてから、市果は焼きそばを啜《すす》った。

もさもさした麺が、口の中の水分を奪う。でもこれが好きだ。濃いソース味の、安っぽいジャンクな味がたまらない。

「埼玉県古笛《こぶえ》市で、昨夜七時ごろ、女性の遺体が発見されました。遺体には複数の刺し傷があり、埼玉県警は殺人事件と見て捜査をはじめる方針です。県警によると、女性は古笛市在住のアルバイト、江藤笑里《えとうえみり》さん、二十四歳……」

女性アナウンサーが、隣県のニュースを無機質に読みあげる。

「この古笛市ってさ、あたしの従姉《いとこ》が住んでんだよね」

アナウンサーの声にかぶせるように、ヒライさんが言った。

「へー、犯人とか見たん?」

と相槌を打ったのはモリタさんだ。

「それはないけど、会社帰りに警察が規制線?　みたいなの張ってるのは見たって。あのほら、ドラマとかで観る黄いろいテープ」

「ってことは殺された人、けっこう近所だったんじゃん？」

「だと思う。ヤバいよねー」

はしゃぐ二人をよそに「昨夜の七時かあ」市果は思う。だったら、ちょうどあの居酒屋に向かっていた頃だ。

——牛すじと大根、おいしかったな。今夜も行こうかな。

薄給でおまけに貯金ゼロの身に、二日連続の外食は痛い。でも毎晩のごはんくらいしか楽しみがなかった。市果のいまの趣味は、晩酌と引っ越しくらいだ。

視界の隅で、同じく派遣社員のイセさんが立ちあがる。トレイと食器をカウンターに戻し、それから〝上座〟こと窓ぎわへ小走りに寄っていく。

焼きそばを咀嚼しつつ、市果はなんとはなし彼女を眺めた。

頰を染めてセンター長の耳もとにささやくイセさん。その背中を叩くセンター長。そして頰を引き攣《つ》らせるカシワ。その三者を、ぼうっと見比べる。

イセさんはセンター長に手を振り、足どり軽く食堂を出ていった。

一方のカシワは、忌々しげにその背を見送る。けれどなにも言わない。というか言えない。ここ三箇月、カシワが嫌味をぶつけない相手はイセさんだけだ。

——なぜってイセさんが、センター長の現在《いま》の彼女だから。

真っ赤な紅生姜を、市果は箸で焼きそばに散らした。

イセさんは、市果と同期で入ったオペレータである。でもいまは市果たちに見向きもしない。それどころかカシワより立場が上だ。イセさんに嫌味なんか言おうものなら、センター長に叱られるのはカシワのほうだろう。

――ヒエラルキー。

そんな言葉が市果の脳裏に浮かぶ。漫画で覚えた言葉だった。

市果は漫画が好きだ。昔は母と姉と三人で、漫画喫茶によく泊まった。あの頃は、ネットカフェなんて呼び名は一般的じゃなかった気がする。

――とにかく、ヒエラルキーって曖昧だよね。

だから人間関係は苦手だ。市果は焼きそばを啜って思う。

自分と関係ないところで、ある日急にころっと逆転する。だから面倒くさい。そういうとこが、苦手だし嫌い。

ナイフがほしい、と思うのはそんなときだ。

――べつだん、誰も彼も死ね、なんて思っちゃいない。

ぶっ殺したいとか、自分の手でやってやりたい、とまで人を呪った経験はない。

――ただ、「この人死なないかな」くらいは思う。

どっかで死んでくれないかな。ドローンみたいに、自動操縦で動くナイフがあればいいな。その程度の気軽な殺意なら、月に一度はむらっと湧く。とくに生理前が多いかもしれない。

「……ごちそうさま」

最後のひと口を飲みこんで、市果は掌を合わせた。テーブルの向かいで、ふっとハヤシさんが笑う。

「なに？」

「ごめん。飯島さんて、いつも行儀いいなと思って」

「そう?」

「そうだよ、だって」

いただきますとごちそうさま、必ず言うもん――。

そう指摘した彼女に、「逆、逆」と市果は笑いかえす。

「逆だよ。あんま育ちよくないからさ。せめてそういうとこは、ちゃんとしようと思ってるの。それだけ」

嘘ではなかった。

言葉では、市果はたまにしか嘘をつかない。するべき説明を八割がた省くか、呑みこんでしまうだけだ。だから嘘はすくない。

トレイを持ち、市果は立ちあがった。


昼に湧いた衝動どおり、市果はその夜も居酒屋『蔵』に入った。

「麦焼酎のお湯割りください。えーと、おでんの牛すじ串と大根をひとつずつ。それと酒盗クリームチーズ」

「はあい、よろこんでえ」

なんとなく背後をうかがう。だが、さすがに昨日の説教男はいなかった。

ほっと胸を撫でおろし、バッグからスマートフォンを出す。

LINEアプリを立ちあげ、「うえーい。これからおでん食べるよ。そっちは?」と打ち、姉の美雨宛てに送る。

次いで、ブラウザでポータルサイトを覗いた。昼間にテレビで観た、殺人事件の続報が載っていた。

「埼玉県警は被害者の元交際相手から、事情聴取する方針」だという。

――また〝元交際相手〟かあ。

市果はうんざりした。

月に一度は、日本のどこかで〝元何某《なにがし》〟に女が刺されたニュースを観ている気がする。犯人は元夫、元交際相手。そんなのばっかりだ。女が男と別れるときは、怒らせないよう、逆恨みされないよう、そうとう気を遣わなきゃいけないらしい。

「おでん、熱いから気を付けて」

「はーい。すみません」

大将から受けとった皿を、市果はスマートフォンのカメラで撮った。光補正で明るくし、美雨にLINEで送る。

すこし迷って「美雨ちゃんは、飲みすぎないでよね」とも送った。

結局あの後、マッチングアプリには登録しなかった。初回に必ずあるだろう、男女の肚の探りあいを想像しただけで胸焼けしてしまった。

「らっしゃいませえ」

店員の威勢いい声とともに、引き戸が開いて閉まる。

冷えた夜気が店内に一瞬吹きこみ、また途切れる。

入ってきたのは一人客だった。カウンターに案内され、市果の隣の椅子を引く。

――あれ。

なぜか、ばっちり目が合った。お互い「おや」という顔になる。

昨夜も隣に座った人だ。

――まさか二日つづけて、お隣さんになるとはね。

今日は、男から例の臭いはしなかった。例の恋人とは会わなかったのだろうか。

「烏龍ハイ」

男がこもった声で言う。店員が「よろこんでえ」と応じるのに一拍遅れて、

「はい酒盗ね」

大将が、市果に小鉢を差しだす。

手を伸ばして受けとり、彼女は掌を合わせて唱えた。

「いただきます」

まぶたを上げると、視線を感じた。

また横の男だった。

だが市果ではなく、小鉢の酒盗を「なんだこれ?」という目で見つめている。純粋に不思議そうな、新種の虫でも見るような瞳だった。

ナンパじゃなさそうだな。そう市果は判断した。ナンパだったら「ねえ、これなに?」「女の子がこういうの頼むの、珍しいね」なんて言って、市果をじろじろ見ながら身を寄せてくるはずだ。

――でもこの男は、わたしの顔を見もしない。

「酒盗です」

市果が小声で教えると、「しゅとう」男はちいさく繰りかえした。

よくわからない、と言いたげに首を振る。その視線はやはり小鉢に注がれており、市果には一瞥もくれない。

その瞬間、市果は男にかすかな好意を感じた。

いや、〝好意〟は言いすぎかもしれない。しかし安堵したことは事実だ。

ナンパ男でもクレーマーじじいでも、不倫野郎でもない男性。一日の終わりに会ったのがそんな人でよかった、と心から思えた。なぜか肩の力が、ほっと抜けた。

「お待たせしました。烏龍ハイでーす」

グラスを運んできた店員に、男が言う。

「厚揚げと、しらたき。がんもどき」

昨日も同じの食べてたな。箸で串から牛すじを剝がしながら、市果は思う。

この人、昨日も厚揚げと結びしらたきと、がんもどきを食べていた。市果と同じで、気に入ったものを食べつづけるタイプらしい。

牛すじを口に放りこみ、市果はスマートフォンに目を落とした。

メッセージに既読が付いている。だが美雨からの返事はいまだなかった。

横の男が、掌を合わせて言った。

「……いただきます」

3

駐輪場を通りすぎ、番場茂隆《ばんばしげたか》は署の裏手にまわった。そこにはすでに先客がいた。

「よう」

見慣れた同期の顔が、照れくさそうにくしゃっと歪む。半分以上吸ったセブンスターをくわえ、濃い副流煙を漂わせている。

「なにが『よう』だ。こんなとこで隠れ吸いしやがって。ヤンキーの中学生かよ、二階堂《にかいどう》」

「ふん、おまえだって同じ目的で来たんだろうが。ハゲたデコにブーメランがぶっ刺さるぞ」

「ブーメランだぁ？　変なネットミーム使うなよ」

若ぶりやがって、と苦笑を返し、番場は同期の隣に立った。スーツの内ポケットから、くしゃくしゃのメビウスを取りだす。

「あれ、おまえメビウスだったか？　軟弱なもん吸ってんな」

二階堂が目ざとく言う。番場はかぶりを振った。

「どこでも買えて楽なんだよ。それにしても、こんなくそ寒いとこで吸うことねえだろ。惨めったらしい」

「だからブーメランだと言ってるだろう」

いなしてから、二階堂は声を低めた。

「……なーにが喫煙所だ。いい歳したおっさんが、あんなせせこましいガラス箱で肩並べてられっかよ。気まずくてたまらんぜ」

「偉くなっちまったからな、おまえは」

「よせって」

二階堂が顔をしかめる。本気でいやそうな顔だった。

だが事実だ――。番場はメビウスに火をつけた。

四十九歳になったいまも、番場は巡査部長である。対する二階堂は警部補だ。そしてこの古笛署《こぶえしょ》刑事課の、捜査第一係長でもあった。

「そういや番場、知ってるか？　岬《みさき》課長が電子たばこに乗りかえやがったぞ」

「岬さんが？」

番場は煙を吐いて笑った。

「マジか」

「大マジさ。鬼の刑事課長さまが、電子たばこだぞ。情けねえにもほどがある。第一あんなくっせえもん、よく吸うぜ」

番場と二階堂は、警察学校でも同じ班だった。十箇月の初任科と三箇月の初任補修科を通して寝食をともにし、同じ教養を受け、同じ先輩にしごかれた仲である。

かつ岬課長は、彼らの指導教官であった。高校出たてのひよっこだった番場と二階堂を一人前に仕上げてくれた人だ。一生頭の上がらぬ相手と言ってよかった。

「地球が滅びても、岬課長だけは日和《ひよ》らんと信じてたのになあ……」

二階堂が紫煙とともにため息をつく。

「なあ番場、おまえだけは禁煙しないでくれ」

「やめろよ」

今度は番場がいなす番だった。

ときおり二階堂は、この手の押しつけがましいもの言いをする。「番場だけは酒やめないでくれよ」「おれの飲み相手は、もうおまえしかいないんだ。おれを置いていくなよな」といったふうに。

――警察、辞めないでくれ。

鼓膜の奥で、遠い日の声がよみがえる。

――頼むよ。おれを置いていくな。

そうだ、あの日も二階堂は、番場に向かってそう言った。

彼の言葉がなければ、退職していたかもしれない。いまも番場は、本気でそう思っている。

実際、同期の多くがすでに警察を去った。実家を継いだ者、別の職種に就いた者、市会議員になった者――と道はさまざまだが、ともかく大半が去った。

――べつにあのとき、警察を辞めたってよかった。

番場の実家は農家だ。野菜や米だけでなく、メロン、西瓜《すいか》、フルーツトマトなども作っている。むろん楽な仕事ではないが、警察官とて肉体労働のようなものだ。実家に帰って継ぐことを、あのときは本気で考えた。妻も賛成してくれた。

なのになぜ辞めなかったかといえば――。やはり二階堂の言葉ゆえ、だろうか。

そうしていまも番場は、古笛署の生活安全課で万年主任としてとどまっている。

着信音が鳴った。二階堂のポケットからだ。

「ちぇっ、呼び出しだ。じゃあな番場。来週あたり飲みに行こうぜ」

「ああ」

番場はうなずいた。

「ひさびさに『吉祥庵《きっしょうあん》』はどうだ？　ちょうど蛍烏賊《ほたるいか》が旬じゃねえか。おまえの好物だろ？　酢味噌を添えた蛍烏賊に、冷や酒をきゅっといこうや」

「いいな」

「マジで予約するぞ。忘れんなよ？」

携帯灰皿にセブンスターを揉み消し、二階堂が離れていく。

その広い背が消えるのを見送って、番場はメビウスを深く吸った。一緒に吸いこんだ外気が、鼻の奥にしんと染みた。

4

古笛署に捜査本部が設置されたのは、翌日のことであった。

被害者の名は江藤笑里。満二十四歳。

午後七時十一分に、彼女は遺体で発見された。

第一発見者は大学生のカップルであった。街灯のとぼしい道で、電柱にもたれるように座っている笑里を、

「はじめは、酔っぱらいだと思った」

という。しかしカップルの女性のほうが「さっきの人、変だったよ。戻ろう」と主張した。

約五分かけて彼らは引きかえした。そして声をかけようとした際、アスファルトの血だまりに気づき、一一〇番した——というのが事件の端緒であった。

その後は手順どおり、交番員や機動捜査隊が駆けつけた。

現場は保存され、約一時間後、鑑識課員と捜査員の手に引き継がれた。

さらに夜が明け、古笛署の署長と刑事課長の合議により、捜査本部の開設が要請された。

そうして警察本部長から開設の命が下りたのが、午前八時のことであった。


「捜査本部《チョウバ》が立った」

との二階堂からの内線電話を、

「知ってる」

寝不足のむくんだ顔で番場は受けた。

そう、知っている。マル害の死も、死にざまも、江藤笑里本人もだ。古笛署生活安全課防犯係の全員が、身に染みてよく知っていた。

——笑里がこの管内に引っ越してきて、早や八箇月になる。

元交際相手に居所がばれてからは、五箇月目だ。その間、笑里から何度通報を受け、何度駆けつけたか数えきれない。

「ドアの前でふーくんが暴れて……、早く来てください」

「ふーくんが包丁持って待ってました。部屋に入れちゃった。どうしよう」

「ふーくんが、泣いちゃって帰らないんです。どうしたらいいですか」

〝ふーくん〟とは、笑里の元同棲相手である。

去年の初夏まで、彼らは群馬県内のアパートで一緒に暮らしていた。当時の笑里はショップの店員。〝ふーくん〟は見習いバーテンダーだった。

しかし〝ふーくん〟が仕事を辞め、日がな一日スマホゲームばかりの生活に陥るや、二人の仲は急速に悪化する。

毎日のように彼らは怒鳴りあい、泣き、喚《わめ》き、近隣に通報された。〝ふーくん〟は警察が来るとおとなしくなるものの、直後にキレて壁を殴り、

「通報しやがったのはどいつだ」

と、金属バットを持ってアパートじゅうをねり歩いた。アパートだけでなく、半径二百メートル以内の近隣をうろつくことすらあった。

〝ふーくん〟こと仁木楓真《にきふうま》、二十七歳。

群馬県生内《うぶない》署員の再三の勧告を受け、笑里は楓真との別れを決心した。それが約九箇月前だ。翌々月、彼女は埼玉県古笛市のこのアパートに引っ越してきた。

だが、楓真は諦めの悪い男だった。その後も笑里を捜しまわった。思いつく限りの笑里の友人知人を訪ねてまわり、彼女の行方を教えろと問いつめた。

そのしつこさに根負けした知人の一人が、ついに笑里の引っ越し先を洩らした。それが去年の十一月だ。

以後、彼らのいさかいと騒音に関する苦情は、すべて古笛署の生安《セイアン》課防犯係が受け付けてきた。つまり番場と、同僚および部下たちである。

「——捜査会議は、九時半からだ」

二階堂が抑揚なく言う。

「マル被は、まだ見つかっていないんだな?」

「むろんだ。……昨夜のうちに見つけていたら、捜査本部《チョウバ》なぞ立ちゃしない」

眉間を揉みながら、番場は答えた。

マル被か、とひそかに低くつぶやく。

早くも仁木楓真は被疑者扱いになったらしい。だが当然だろう。逃げた女が殺され、追いまわした男が行方不明となれば、小学生だってそう推理する。

「仁木のやつは群馬の実家にも、仲間の家にも戻っていない。駅での目撃証言もない。防カメの精査はこれからだが、まだ管内にいる可能性は十二分だ」

「自殺を考えて、うろつく頃合いか」

「ああ。自暴自棄になる前に捕まえなきゃあな」

応えて、番場はどろどろに濃いコーヒーを啜った。

昨夜は一睡もできなかった。仁木楓真を捜して、夜どおし街を駆けずりまわったせいだ。防犯係の全員が深い疲労の沼にいる。

だが帰って寝たいとは、かけらたりとも思わなかった。

——おれたちのせいだ。

おれたちが愚図愚図と手をこまねいたから、江藤笑里は死んだ。もっと早く強硬策を取り、楓真から引き離すべきだったのだ。

目を閉じる。

眼裏《まなうら》に、ありし日の笑里が浮かんだ。

ミルクティいろの豊かな髪。化粧を落とすと、驚くほどあどけなかった顔。ピアスの穴だらけの耳朶《じだ》。赤い肉が覗くほど、ぎりぎりまで嚙まれた爪。

「本部《ホンテン》からは、強行犯第四係が来なさるそうだ。捜査主任官は野平《のひら》警部だとよ。温情派が来てくれて、まだしもよかったよ」

二階堂がつとめて明るい声を出す。

気を遣われている――。番場は奥歯を嚙んだ。

九時半からの捜査会議で、古笛署生安課は針のむしろを味わうだろう。おまえらはなにをしていた、おまえらの怠慢の結果だ、と冷たい視線を浴びるに決まっている。それを見越しての、二階堂の態度であった。

脳裏に、ふたたび笑里の顔が浮かんだ。

――娘がもし生きていれば、同じ年ごろだ。

笑里に会うたび、そう思った。

娘もこんなふうに育っただろうか。こんなふうに生意気な口を利いて、おしゃれを楽しんだだろうかと、いつも胸が熱くなった。

――そんな子を、むざむざ死なせてしまった。

「九時半からだぞ」

念を押す二階堂に「ああ」と短く返す。内線電話を切り、番場は重い頭をデスクに伏せた。

5

総員起立しての敬礼、着席が済んだ。

壇上でマイクを握る警部が、事務的に話しだす。

「えー、仮称ではありますが、この『古笛女性殺人・死体遺棄事件捜査本部』の捜査主任官を命ぜられました、埼玉県警捜査第一課課長補佐の野平であります。以後、よろしくお願いします。では捜査本部の設置にあたりまして、まずは捜査本部長であられる古笛署長から、御訓示を……」

マイクが雛壇にわたった。

一階の講堂は、すでに捜査本部の体裁が整っていた。

ホワイトボードやシルクスクリーンが用意され、電話線が引かれ、パソコン、プリンタ兼コピー機などが揃っている。

集められた総勢六十余名の捜査員たちは、並べられた長机に着いた。

彼らと向きあうかたちで設置された雛壇には、古笛署の署長、副署長、野平課長補佐、岬刑事課長が座している。

「えー、このたび捜査本部長を命ぜられました……」

署長の挨拶がつづく。

今回の事件は第一容疑者が逃走中という点を考慮し、捜査に土地勘が必要だろうと所轄署長が本部長の任に就いた。

と言っても、実際に捜査の指揮を執るのは野平警部だ。

直属の部下である捜査第一課強行犯第四係が、野平の手足である。古笛署の刑事課員をはじめ、急遽集められた生安課、交通課、警備課の面々などは、さらにその下の駒でしかない。

署長の短い挨拶が終わり、マイクが岬刑事課長にわたった。

「えー、ではさっそくですが、事案の概要を説明させていただきます」

野平警部に代わって壇上に立つ。

「一一〇番通報がありましたのが、午後七時十一分。通報者および第一発見者は、大学生の男女です。ともに二十歳。当夜は二人で映画を観た帰りであり、食事をするべく繁華街へ向かっていたところ、電柱にもたれて座りこんだ姿勢の被害者を発見したとのことです。現場は街灯のすくない、暗い小路で……」

シルクスクリーンに、現場写真が映しだされる。

笑里の遺体の顔が大写しになった瞬間、思わず番場は目を閉じた。警察官としてあるまじき行為だ。わかってはいたが、正視に耐えなかった。

——番場さん。

——番場さん、また、ふーくんがぁ。

鼻にかかった舌足らずな笑里の声が、鼓膜によみがえる。

——ふーくんて、あたしがいなきゃ駄目な人だと思うんです。

——ほっとけないっていうか、一人にしておけない。

——ふーくんほど、あたしを好きになってくれる人って、このさき現れないかもって思っちゃって……。

お決まりの台詞だ。防犯係に所属していると、星の数ほど聞く言葉である。

この手の女性たちは判で押したように、

「彼、あたしがいないと生きていけないんです」

「あたしがいないと駄目なんです」

と繰りかえす。世にそんな台本が出まわっているのか、と疑ってしまうほどだ。

男のしつこさを愚痴りながらも、求められて喜びを感じる女性。決まってそんな女性が、仁木楓真のような男に引っかかる。

駄目な男に求められ、寄りかかられることでしか、彼女たちは自分の存在価値を確認できない。

——世の中には愛情に飢え、自己肯定感に飢えた女性たちが溢れすぎている。

刑事課長の言葉がつづいた。

「死体検案書によれば、外因死の原因は左胸部への二箇所の刺創と推定されます。ほか右胸部、左腹部にも各一箇所の刺創あり。凶器は発見できていませんが、創からして長さ十三センチ、刃幅二・五から二・八センチの切りだしナイフ。入刃の角度に鑑みると、犯人は右利き。また刺創の深さから、中程度の腕力を持つ男性と思われます」

——仁木楓真は右利きだった。

番場は唇を嚙む。

この四箇月間で、楓真とは十回以上顔を合わせた。彼が右手でドアノブをひねり、右手でスマートフォンを取りだすさまを、幾度となく目視している。

「被害者の右手指先と掌には、防御創と思われる切創あり。なお性的暴行および陰部損傷、着衣の乱れなどは認められませんでした。体液や、爪の間の皮膚片なども採取されませんでした」

岬課長の声は冷静で、よどみなかった。

「発見された当時、被害者の所持品は、コートの右ポケットに入ったスマートフォンのみでした。ピアスなどのアクセサリー類は着けたままです。現場周辺を捜索したところ、約一キロ離れた民家の植込みの中から、被害者のものとおぼしき合皮のバッグが見つかりました。犯人が逃げしなに投げこんでいったものと思われます。バッグには財布、化粧品、ハンドタオルなどが残っており、現金のみ抜かれていました。また財布には原付免許証が入っており、これにより身元が判明しました」

シルクスクリーンに、笑里のバッグが映った。

これもまた、番場の目には見慣れたものだ。若い女の子に人気の、お手ごろ価格のブランド品である。

「胃の内容物と直腸温度から見て、死亡推定時刻は午後五時半から七時の間。スマートフォンのデータおよび、現場から採取できた微物、中毒性については、科捜研にて分析中です」

――死亡推定時刻は午後五時半から七時の間。

ということは、笑里の遺体は一時間以上、路上に放置されていた可能性があるのか。

ななめ前に座った部下が、深くうなだれるのがわかった。顎の線がこまかく震えている。悔恨に打ちのめされていると、一目で見てとれた。

またもスクリーンの画像が切り替わる。

映しだされたのは、仁木楓真の顔写真だった。

どう見ても女にもてる容貌ではない。身長は平均的だが、全体にずんぐりとした体形だ。首から胸、腕にかけて龍のタトゥーが入っている。街で出会ったら、大半の市民がそそくさと道を譲るだろう。

——だが見かけに反して、小心な男だった。

二言目には「ぶっ殺す」「やっちまうぞ」と喚いた。そのくせ男性警察官が現れると、途端におとなしくなった。番場をはじめとする強面《こわもて》に一喝されると、半べそ顔でしょんぼり肩を落とした。

そんなとき、決まって割って入ったのが笑里だ。

「番場さん、もうやめて」

「あたしからも、ふーくんに言って聞かせますから。ふーくん、悪い人じゃないんです。ただいまは仕事がなかったりで、運が向いてないから、だから……」

そんなふうにして、笑里はずるずる彼と繋がっていた。「とっくに別れたし」と口では言いながらも、付かず離れずの関係をつづけていた。

防犯係が強硬に介入できなかったのは、そのせいもある。

笑里がきっぱり「ストーカーです。つきまとわれて迷惑しています」と主張してくれぬ限り、警察は動けない。そのつど騒音などの迷惑行為に対処するしかないのだ。

——その二人が、まさか殺すまでにこじれるとは。

番場が指でこめかみを押さえたとき、捜査一課の捜査員から声が上がった。

「すみません。仁木のGPSは追えないんですか?」

「スマホの電源を切っている模様です」

答えたのは刑事課長だった。

「いまどきはドラマや映画で、誰でもGPSくらい知ってますからね。最後の発信場所などは、これから通信会社に履歴を開示させます」

「しかしこんなやつ、どう見たってストーカーだろう。なぜもっと早く、所轄署でなんとかできなかったんだ?」

別の捜査員が声を上げる。

「近隣から、何度もDVや騒音で通報されていたと聞くぞ」

「だよなあ。ストーカー規制法があるのに、どうして最悪の事態になるまで対処しなかった? たるんでんじゃねえか」

ななめ前の部下が、さらに下を向く。その横の同僚も面《おもて》を伏せるのが見えた。横顔は、青を通り越して真っ白だ。

——まずい。

主任として、自分が責任を取らなければ。番場は椅子を蹴って立ちあがろうとした。

だが一瞬早く、

「いま、そんなことを言っている場合か!」

野平警部がぴしゃりと言った。

「過ぎたことを言ってもはじまらん。過去をぴいぴい嘆くより、警察官《サツカン》なら目の前の事案に集中しろ。くだらん繰りごとを言うやつは〝野平中隊〟に必要ねえ。文句があるなら出ていけ!」

まさに鞭の一喝であった。講堂内の空気が、一瞬でぴりりと張りつめた。

——さすが、野平警部。

番場は内心で唸った。

こういうところが彼の貫禄であり、部下からも上司からも信頼を寄せられる理由だろう。

だがいまは正直言って、かばわれてもつらいだけだった。

自分の卑小さと無能を、よけい思い知らされた気分であった。

野平警部が咳払いして、

「……えー、失礼。第一容疑者こと仁木楓真は、所轄署である古笛署の署員と何度か顔を合わせています。とくに生安課は、その頻度が高かったようです。実際に仁木を知っている防犯係長から、仁木の特徴を語っていただきます」

前列に座っていた防犯係長が立ちあがる。

「古笛署生安課防犯係長です。えー、仁木楓真の人相は、ただいまスクリーンに表示されているとおりであります。身長は百七十センチ。体重は推定八十キロ。バイク事故の怪我で、右足を引きずるくせがあります。声は特徴あるしゃがれ声。歩くとき、右肩がやや下がって……」

6

BGMが『くるみ割り人形』に替わった。これは十五分休憩の合図だ。

市果は『休憩』のコマンドをクリックし、ヘッドセットをはずした。「うーん」とちいさく伸びをする。

このサポートセンターは二時間ごとに十五分の休憩を取れる。リフレッシュを挟むことで、人間は一定のパフォーマンスを維持できるのだそうだ。休憩中はトイレに行くも、喫煙所を使うも、スマホをいじるも各々の自由である。

市果は席を立ち、給湯室に向かった。

しゃべりつづけて喉がからからだった。フロアのあちこちに加湿器は置かれているが、あんなものじゃ追いつかない。舌が焼けるような、熱い紅茶を飲みたかった。

だが給湯室に一歩入って、市果は後悔した。

ひどい顔ぶれだった。センター長、カシワをはじめとする三人の正社員。そしてセンター長の彼女ことイセさんの、計五人が立っている。

——うわ、最悪。

そう思ったが、いまさらまわれ右するわけにもいかない。

小声で「すみません」と言いつつ、身をかがめて進んだ。

人の輪を迂回する。カシワの背後から手を伸ばし、サーバにカップをセットして『ストレートティ』のボタンを押す。

紅茶がカップに満たされるまでの間、所在なく市果はじりじり待った。どうか誰もこっちを見ませんように、と願った。

しかしその願いもむなしく、

「飯島さん」

カシワが振りかえった。

「あ、どうも……。お疲れさまです」

軽く一礼した。また「あ」って言っちゃった、とひっそり悔やむ。ドリンクサーバの紅茶が、カップに最後の数滴を落としている。

「飯島さんってさ、若く見えるよねえ」

妙にねっとりした口調でカシワは言う。

「肌がきれいだからかな。見て。ほっぺなんかすべすべ」

無遠慮に手を伸ばしてきた。あやうく指さきが頬に触れそうになり、市果はぞっとした。反射的に身を引かなかった自分を、誉めてやりたいくらいだ。

「うん、飯島さんは若いよ」

センター長がカシワに同意する。

「大学生のバイトって言われたら信じちゃうよ、はは」

正社員たちもお追従《ついしょう》のように笑った。「あはは」とそらぞらしい声が、給湯室に響く。

「ありがとうございます……」

市果は曖昧な笑みをかえし、カップを手にとった。

逃げるように給湯室を出る最後の一瞬、いやなものを見た。ものすごい目で、こちらを睨むイセさんだ。

やめてよ。市果は思う。

イセさんが老け顔を気にしてることは知っている。でもわたしがカシワに言わせたわけじゃない。睨むなら、あなたの彼氏かカシワを睨んでよ。

——イセさんって、センター長が既婚者だと知らないんだろうか。

確かにセンター長は仕事中、左手に指輪をしていない。でも夏の間は指輪のかたちがくっきり白く焼け残っていた。あれに気づかないなんて、あり得るだろうか？

――不倫なんて、馬鹿みたいだ。

人は恋愛するとＩＱが下がる、と市果は思っている。とくに不倫は、普通の恋愛に比べ三倍下がる。他人までその愚かさに巻きこむから、いやになってしまう。

フロアに戻り、自分のチェアを引いた。

さっそく紅茶に口を付ける。さいわい、まだ充分に熱かった。

香りを楽しみながら、市果はさっきのイセさんの目つきを思った。そして「飯島さんは若いよ」と言ったあと、センター長が市果に向けた粘っこい視線を。

――気持ち悪い。

センター長に気に入られているのでは？　といぶかったことは、いままでも何度かあった。

しょっちゅうヘルプばかり出す子は、正社員に疎《うと》まれる。その点、市果は滅多にヘルプを出さない。セクハラも聞き流してしまう。「殺すぞ」「燃やすぞ」系の脅迫はさすがに報告するけれど、処理能力が高いと思われているようだった。

――どっちにしろ、気持ち悪い。

市果はもう一度思った。

不倫男も不倫女も、どっちも気持ち悪い。カシワも気持ち悪い。不倫男に媚びへつらって笑う正社員どもも、全員気持ち悪い。

――顔には、絶対出したりしないけどね。

そう、気持ち悪がっていることも、軽蔑していることも、態度になんか出しはしない。本心を隠すのは慣れている。子どもの頃から、ずっと隠して生きてきた。

「飯島さん」

呼ばれて、顔を上げた。

同期のハヤシさんがチェアに座ったまま、キャスターを滑らせ、近づいてくる。

「ねえ飯島さん、金曜空《あ》いてる？　五対五の合コンがあってさ」

「ごめん」

市果はいち早く謝る。

「金曜は予定入れちゃった。それにわたし、お酒飲めないから」

口から、しれっと嘘が出た。たまにしか嘘をつかない彼女の〝たまに〟は、たいていこんなときだ。

しかしハヤシさんは疑う様子もなく、「そっかあ」と笑った。

「お酒駄目なら、甘いもの好きでしょ？」

「うん」

「だったら今度、ヌン茶行こうよ。いま駅前のホテルの最上階で、いちご&チョコフェアやってるの」

「いいね」

市果は笑顔でうなずく。

「ほら」とハヤシさんがスマートフォンの画面を見せてくる。

液晶には、銀のケーキスタンドが表示されていた。それぞれの段にマカロン、ケーキ、ムース、スコーンなどがちまちまと載っている。

ああ、アフタヌーンティのことか。口には出さず、市果は納得した。「ヌン茶」ってなにかと思った。訊きかえさないでおいて正解だった。

「スコーン好きなんだけどさ、やっぱり自分で焼くとなんか違うよね」

「わかる」

「クロテッドクリームも、瓶のやつ高《た》っかいしさあ」

「ね、なんであんなに高いんだろうね」

適当な相槌ばかり打ち、市果はハヤシさんのまぶたを眺める。

――きれいなまぶた。

ハヤシさんは、お化粧が巧い。とくにアイシャドウが芸術的だ。ピンクみの深いゴールドブラウンが、今日もまぶたの上で美しいグラデーションを描いている。粒のこまかいラメのせいか、濡れたように艶っぽい。

このサポートセンターには服装規定がない。あまりにも派手ならカシワに嫌味を言われるけれど、その程度だ。

髪が赤かろうがネイルが黒かろうが、注意なんかされない。ハヤシさんの袖口から覗くリストカットの跡だって、表立って言われることはない。

――お茶より、一緒にコスメを見に行きたいな。

彼女のまぶたを見つめたまま、市果はぼんやり思う。

市果はドラッグストアでしかコスメを買わない。ファンデーションやリップはもちろん、化粧水も乳液もだ。全部、アパートから徒歩十二分のドラッグストアで済ませている。自分がイエベなのかブルベなのかも知らない。

「なに？」

視線に気づいたか、ハヤシさんが顔を上げた。

市果は言葉を呑み、咄嗟に微笑む。

「なんでもない」

ナイフより、彼氏より、女友達がほしい。そう思うのはこんなときだ。そういえばこの前も、「打ちあけ話もできる女友達がほしい」と、居酒屋へ向かう道すがら考えたっけ。

――でも、ハヤシさんとじゃ駄目だな。

同僚だから、お互いしがらみがありすぎる。生まれ育った環境にも差があるはずだ。もっと利害関係がなくて、共感し合えて、なんでも話せる女友達がいい。

三十路近くなってのデパコスデビューに付き合ってくれたり、不倫なんて糞だと笑いあえたり、男抜きで焼酎の出汁割りを楽しんでくれる、そんな気の置けない同性の友達がほしい――。

もちろんそれを、口に出したりはしない。

市果は柔らかく目を細めた。

「……休憩って、ほんと短いよね」

そう、本心を隠すのは慣れている。

途中下車することなく、市果は終点で電車を降りた。

今日は居酒屋の気分ではなかった。かといってコンビニ弁当の気分でもない。電車に揺られながら考えつづけて、夕飯はパンに決めた。

駅前のパン屋はさいわい夜七時までやっていて、六時過ぎから半額になる。早足で向かえば、ぎりぎり間に合うはずだ。

目論見はさいわい当たって、シャッターを半分下ろしたパン屋にすべりこみで入店できた。トングとトレイを持ち、全品半額となった売れ残りのパンの中から、カレーパンと、ツナグラタンパンと、たまごサンドを買う。

「ありがとうございましたー」

店員の声とともに、がらがらとシャッターが下りる。その音を背中で聞きながら、市果は家路をたどる。

歩く人もほとんどない夜の商店街は、茫漠としたオレンジいろの照明に照らされている。すこし歩くと学習塾があり、そのまわりだけが皓々《こうこう》と明るい。子どもを迎えに来た親たちの車が、ずらりと路上駐車しているせいで道がひどく狭い。

路駐の車列を通り過ぎると、急に視界が暗くなった。

ここから先は、街灯がぐっと減る。

市果はバッグの外ポケットを探り、スマートフォンを手に取った。

スマートフォンはいまやライフラインであり、最大の娯楽であり、連絡用機器であると同時に防犯用具でもある。これさえあれば、いつだって一一〇番できる。

市果はまずＬＩＮＥから確認し、次いでブラウザを立ちあげた。

すぐにポータルサイトに繋がる。国内ニュースのひとつに、例の隣県の殺人の続報があった。どうやら、新しい展開があったらしい。

先週会った男の顔が、ふっと脳裏をよぎった。

おでんのおいしい居酒屋『蔵』で、二晩つづけて会った男だ。厚揚げとしらたきと、がんもの男。なまぐさい臭気を体に染みこませていた男。

——あの男が、犯人だったりして。

ふとそんな思いが湧いた。あの臭気は恋人の移り香じゃなくて、ほんとに人を殺した血の臭いだったりして。

——なんてね。そんなドラマみたいなこと、あるわけない。

苦笑してパンの袋を抱えなおしたとき。

市果は、足音に気づいた。背後から聞こえてくる足音だ。彼女のおよそ数メートル後ろに、ぴたりと付いて歩く誰かがいる。

——気のせいだよね？

市果は意図的に、歩調を緩めた。

テンポをずらし、ゆっくり歩いてみる。背後の足音もゆっくりになる。

試みに立ちどまってみた。足音もやはり、立ちどまる。

市果の心臓が、どくどく鳴りはじめた。

——気のせい。気のせい気のせい気のせい。

気のせいに決まってる。そう己に言い聞かすが、〝気のせい〟なんかでないことは自分が一番よくわかっていた。

誰かがいる。確実に、あとを尾けてきている。

市果は素早くあたりを見まわした。首は動かさず、眼球だけで周囲をうかがう。

なにもない。真っ暗だ。電柱と工事現場と、明かりの消えた歯科医院や薬局があるだけだ。十メートルほど先を曲がって、さらに十数メートル歩けばコンビニがある。でも無事にたどり着けるだろうか。

市果はスマートフォンを耳に当てた。

――女の歩きスマホは迷惑だ、なんてネットじゃ憎々しげに言われるけど。

でも市果は知っている。同じ歩きスマホでも通話中の女ならば、痴漢や暴漢のほとんどは狙ってこないことを。会話で誰かと繋がっている女を狙うのは、リスキーだと心得ていることを。

「もしもし、美雨ちゃん？　いま帰るから。うん、悪いけど鍵開けといて。……やめてよ。そんな言いかたすることないじゃん……」

さも会話しているふうを装い、すこしだけ歩を速める。

――走りたい。でも、走っちゃ駄目だ。

背後の誰かを、刺激しちゃ駄目。気づかないふりで歩きつづけないと。

――でも後ろの人は、ほんとうに生きている人間だろうか？

唐突に、そんな疑いがきざした。

いつかどこかで読んだ怪談が脳裏に浮かぶ。女が、暗い夜道を歩くシーンからはじまる話だ。

いまの市果とまったく同じに、彼女は尾けてくる足音に怯えている。早足になっても、足音は追ってくる。走ってもやはり追ってくる。そうして女は、追手に後ろから手で口をふさがれる。

女の意識は一瞬途切れ――、はっと気づくと、目の前に行列がある。

あれ、と女は思う。自分は行列に並んでいたんだっけ？　といぶかる。アパートに帰るつもりだったのに、なんのお店の列だろう？　不思議に思いながらも、女はおとなしく最後尾に付く。

行列はひどく長い。先頭は見えないが、ぼんやりと明るいようだ。

前の人が進むのに合わせ、じりじりと女も進む。

まわりから、かすかに雑音が聞こえる。横の草むらには、投げだされた白い脚が見える。悲鳴のような、言い争うような声もするようだ。

ふと、女は子どもに気づく。列からはずれたところに立っている男児だ。キャップを深くかぶっていて顔は見えない。

ねえねえ、と男児は女に話しかける。ねえねえ、見てよう。ほら見て。

女が首を向けようとすると、前を歩いていたおばさんがくるりと振りかえる。

見ちゃ駄目。おばさんは言う。きつい声だ。その子にかまうんじゃないの、と女を咎《とが》める。

その言いかたに、女は反発を覚える。子ども相手に大人げない、と思う。

男児が呼びつづけている。ねえねえ、見てよう。こっちだよ。

その声につられ、女はついに列を離れてしまう。なあに？　と笑顔で男児を覗きこむ。

その刹那、男児が顔を上げる。真っ赤な口を開けてげらげら笑いだす。のけぞって、男児は笑いつづける。

ああ、と女は悟る。

ああそうだ、この子はわたしの子だ。けっして生まれることのなかった子ども――。

ふたたび気づくと、女はまた暗い夜道を歩いている。

今度は一人だ。行列はない。あたりに誰もいない。行く手は暗く、歩けど歩けど暗いままだ。明かりはちらとも見えない。道に果てはない。

傍の道では女が倒れている。さっきも見た白い脚の持ちぬしだ。暴漢に襲われ、犯されて殺された女自身だ。

自分は死んだと気づけぬ女が、あの世へつづく道を見失ってしまう話。

犯されたときに孕《はら》んだ子を産むこともなく、成仏もできず、未来永劫、夜をさまよいつづける物語――。

はじめて読んだときは、なんていやな話だと思った。

いまも変わらずそう思う。

「美雨ちゃん、飲みすぎちゃ駄目だよ。……あはは、やだあ。……なに言ってんの。昔はわたしのおかず、ほとんど美雨ちゃんが……」

姉と話しつづける演技をしつつ、市果はいつしか小走りになっていた。

吐く息が白い。なのに、うなじも背中も汗びっしょりだ。冷えて粘い汗が、ブラウスをしたたかに濡らす。

いやな怪談だった。いやな話だ。

あの物語の女は、なぜ子どもからあんな仕打ちを受けなきゃいけないんだろう。女に落ち度はないのに。子どもが女に祟《たた》るのが、さも当たりまえみたいに。

産まなかったから？　でもレイプ犯の子どもなんて、産みたくなくて当然じゃないか。それにあの女は、産むも産まないも選べぬまま殺されたのだ。なのに祟られるなんて、理不尽きわまりない。

ああいやだいやだ。理不尽だ。女って、いやなことばかり。出産なんて絶対したくない。子どもをほしがったことならあるけれど。でも。

——あとすこし。

コンビニの明かりが近い。あと数メートルだ。

さすがにここでは襲われまい。この距離で悲鳴を上げれば、きっと店員の耳に届く。店員が通報してくれる。暴漢だってわかっているはずだ。そんなリスクは冒すまい。そう自分に言い聞かせながらも、歩調を緩められない。

市果はコンビニに飛びこんだ。

一歩入った瞬間、驚くほどの安堵がこみあげた。背後で自動ドアが閉まる。

雑誌コーナーへ、まっすぐ向かった。スマートフォンをバッグに投げこむ。ファッション誌を手に取って、ひらく。ガラス越しに外をうかがう。

さいわい、黒い影が店内まで追ってくることはなかった。

だがすぐに店の外へ出る気にはなれなかった。つづけざまに雑誌を二冊めくった。目で字を追う。しかし内容は、すこしも頭に入ってこない。

新たな客が入ってきた。

女だった。ロングのウールコートに、モスグリーンのマフラーをぐるぐる巻きにしている。顔をマスクとマフラーで覆い、長い髪は後頭部でまとめている。コートはグレイの地に、きな粉をふったような色味《いろみ》だった。

つづけて、スーツにダウンコートの中年男が入店した。

市果の肩がわずかにこわばる。しかし、緊張はすぐにほどけた。

無害な男だった。まとっている空気で、無害だとわかった。表情は弛緩《しかん》し、目に生気がなかった。

市果は今度こそほっと息を吐き、ドリンクコーナーに移った。

引き戸を開けて、買いもの籠に発泡酒を二本入れる。ふだんコンビニで飲みものは買わない。だが店へのお礼のつもりだった。

——平気だ。

市果は自分に言い聞かせた。平気だ。わたしは平気。一人で大丈夫だ。

心を隠すのは慣れている。一人きりでも、生きていける。

7

「張り込み二班から捜本《ソウホン》」

「捜本です、どうぞ」

「ただいま一班と交替します。どうぞ」

「捜本了解」

「以上、張り込み二班」

無線連絡を終え、番場は運転席の相棒の肩を叩いた。

「よし休憩だ。行くぞ」

今回の相棒こと刑事課の巡査が運転する捜査車両は、滑るようにコンビニの駐車場から走りだした。

江藤笑里の遺体が見つかって、ちょうど一週間が経った。

楓真の足取りはいまだ摑めていない。捜査本部は地取り班に多くの人員を割き、群馬県警の捜査共助課とも連携を取って、広域に網を張った。

捜査一課の捜査員たちは地取り、鑑取り、証拠品と、型どおりの班に分けられた。

古笛署の署員は、彼らをサポートする人海戦術の駒となる。実際の楓真をよく知る番場たち生安課員は、張り込み班と遺族担当に分けられた。

楓真は笑里の実家を知っていた。過去に何度か訪ねてもいた。自暴自棄になった彼が、逆恨みで襲撃する可能性は十二分にあった。

「……まだ生きてるんすかね、マル被」

相棒がぽつりと言う。

「生きていると、信じるしかないだろう」

番場も低く応じた。

正直言えば、自殺している確率は高いと思う。ストーカーはよく「おまえを殺して、おれも死ぬ」と喚く。大半ははったりだが、うち二、三割は本気だ。いままでにも多くのストーカーが、執着する相手と心中すべく凶行に走ってきた。

「コーヒー、飲みたいっすね」

「ああ」

その後の捜査で、生前の笑里の足取りが知れた。殺される約一時間前、彼女はコンビニのATMで金を下ろしていた。額は二十万円である。

笑里のアルバイトでの手取りは月約十二万円。アパートの家賃は三万八千円だった。彼女にとって、二十万は大金だったはずだ。

またスマートフォンの解析の結果、笑里は金を下ろす直前、楓真から三件のLINEと二件の電話着信を受けていた。LINEのメッセージはいずれも「昨日、給料日だったよな?」等、金をせびる内容だ。

楓真は型落ちの軽自動車を所有している。Nシステムによれば、該当車は午後四時十二分に関越自動車道に乗り、午後五時二十六分に降りた。

彼が笑里に電話およびLINEしたのが午後五時四十一分から四十四分の間。笑里が金を下ろしたのが、午後六時十七分である。

——金を楓真に渡す渡さないで揉めた末に、笑里は刺し殺された?

そうとしか考えられなかった。

捜査車両は五百メートルほど走り、また別のコンビニの駐車場に停まった。

「自分、コーヒー買ってきます。番場さんは……」

「いや、おれも降りる」

番場はシートベルトを解いた。

「外の空気が吸いたい。一服もしたいしな」

助手席のドアを開けた途端、冷えた外気が全身を叩いた。乾いた木枯らしに頬を張られ、思わず眉根を寄せる。

だが不快ではなかった。車内の空気がどれほどよどんでこもっていたか、あらためて実感した。

店外の灰皿を、相棒と二人で囲む。

カフェインよりも、体が切実にニコチンを求めていた。紙たばこに火を付け、深ぶかと肺まで吸いこむ。

「番場さんって、二階堂係長と同期なんすよね？」

「ああ。長い付き合いだ」

「係長がよく言ってます。『番場は昔から優等生だった。おれなんか、全然かなわなかった』って」

「いやな上司だな、あいつ」番場は苦笑した。

「大昔のことを、酔って部下に語りだしたら終わりだ」

だが二階堂の言葉は、そう大げさでもなかった。

昔の番場は確かに優秀だった。警察学校の教養総合成績では三位に入り、警務部長賞をもらった。専務入りも、巡査部長に昇進したのも、二階堂より――いや、同期の中で一番早かった。

――しかし、そこ止まりだった。

二十四年前の事件が契機である。あれ以来、番場は出世する意欲をなくした。それどころか、すべての欲をなくしたと言っていい。

かろうじて不良警官化《ゴンゾウ》せずに済んだのは、やはり二階堂と岬課長のおかげだろう。彼らの視線がそばにある限り、へたなことはできなかった。

「番場さん。コーヒー、レギュラーサイズでいいすか？」

たばこを灰皿に揉みつぶし、相棒が言う。

「ああ、頼む」

相棒が先に入店するのを見送って、番場も吸いさしを灰皿で潰した。生あくびをし、あとを追おうとしたとき、ポケットで着信音が鳴った。電話だ。

「はい、番場」

「おれだ」二階堂の声だった。

「マル被の車が見つかったぞ。他署管内でだ」

「どこにあった」番場は息を詰めた。

「仁木のやつは、どこにいたんだ」

しかし二階堂は答えず、言葉を継いだ。

「おまえら、張り込みを交替したんだよな？　いったん帰署しろ。動ける人員で、捜査態勢を大至急練りなおす」

「二階堂。おい、仁木は――」

「うるせえ。とっとと戻れ」

通話が切れた。

番場は唸り、天を仰いだ。腹立ちまぎれに、己の掌を一発殴る。深呼吸で気を鎮めてから、彼はガラス越しに見える相棒を手まねいた。


捜査本部に一歩入る。

警察官たちの熱気と、垢と脂の臭いが顔面にむっと吹きつけた。当然だろう。ここにいる全員が、四日以上風呂に入っていない。

「マル被の車が見つかったって？」

番場は二階堂にまっすぐ歩み寄った。

「四十分ほど前だ」

二階堂がうなずく。

「湯里《ゆのざと》署管内の空き家に、頭から突っ込むかたちで駐車されていた。近隣住民の話によれば、『一週間前から駐めてあったが、ご家族の車かもしれないし、邪魔なわけでもないから放っておいた』だそうだ」

「だが、湯里署にも手配は行っていただろう」

「ナンバープレートが付け替えられていたんだ。空き家はブロック塀で囲まれており、外から見えるのはリヤのナンバーだけだった。そのナンバーが、五年ほど前に盗まれたナンバープレートと一致した。不審に思った湯里署員が確認したところ、フロントとリヤでナンバーが異なるとわかり、ようやく捜本に一報が入った」

「手の込んだ真似を」

番場は舌打ちした。

同時に頭の隅を、わずかな違和感が駆け抜ける。

——あの仁木楓真に、そんな小細工ができるだろうか？

番場が知る楓真は、ごく単純な小物だ。

十代の頃は何度か鑑別所に送致されたものの、少年院には入っていない。成人してからも、恐喝や窃盗などのケチな前科ばかり重ねてきた。粗暴だが愚鈍で、だいそれたことはできぬ男である。

だが疑念は、つづく二階堂の言葉にかき消された。

「該《ガイ》自動車の助手席シートから荷物をどかすと、血痕が見つかった」

「血痕」

番場は息を吞んで、

「どの程度の血だ?」と訊いた。

「べったりだ。ただちに科捜研にDNA型鑑定を頼んだが、十中八九、マル害の血液で間違いあるまい」

「べったり、か……」

呻いて、番場は額を掌で押さえた。

不覚にも、くらりとした。すぐそばのデスクに手を突く。

楓真のスマートフォンが見つかったのは、五日前のことだ。古笛市内のコンビニのゴミ箱に放りこまれていたのである。洋式便器にでも水没させたか起動しなかったが、科捜研がデータ復元に成功した。

楓真は笑里に付きまとうかたわら、LINEその他のSNSで複数の女性にちょっかいをかけていた。

さいたま市のキャバクラやガールズバーに通い、浦和市ではマッチングアプリで毎週のように新しい女性と会っていた。資金の出どころは、むろん笑里である。

「ほかの女と会っていることが笑里にばれ、問いつめられたんだろう」

「いったん金を下ろしたはいいが、この金でほかの女と遊ぶのかと思うと、笑里は渡すのが馬鹿馬鹿しくなった。そこで口論になり、仁木は脅しのために出したナイフで、つい刺してしまった……と」

捜査員のおおかたが、脳内でそんなシナリオを描いた。そして楓真名義の車の血痕は、筋読みとほぼ一致する。

二人は車内で喧嘩をしたに違いない。口論の果てに楓真が刃物を出し、刺した。そして遺体を車から引きずりだして電柱にもたれさせ、その場から逃走した。

車は足が付くと考え、空き家に乗り捨てた。ナンバープレートの取り替えは楓真にしては上出来だが、鑑別所の仲間から教わった手口だろう。軽自動車のナンバープレートは、素人でも比較的容易にはずせる。

「逃げこんだとしたら、女のところだろうな」

捜査員の一人が叫び、賛同の声がつづいた。

「湯里管内および、半径十キロ以内にマル被の女がいないか?」

「マッチングなんとかで、一晩遊んだ子でもいい。すぐに割りだせ」

「カプセルホテルやネカフェも当たれ」

「車を乗り捨てた空き家周辺の防カメと、ドラレコ映像を回収しろ!」

だが約五時間後、事態は急転することになる。

仁木楓真の腐乱死体が、川の下流から見つかったのである。

検視の結果、遺体は死後約一週間が経っていた。おそらくは車を乗り捨てたあと、しばし街をさまよい、絶望して自殺したと思われた。

腹部と頸部には、それぞれナイフでの刺創があった。

「腹を刺したが死にきれず、喉を突いたんだな」

検視官はそう語った。その後、川に倒れこんで沈んだらしい、とも言った。

通常、水死体は腐敗ガスで膨らみ、浮かんでくるものだ。だが楓真の遺体は、傷口からガスが抜けたせいで浮くのに時間がかかった。

刺創も当然ながら、ぐずぐずに腐っていた。しかし笑里を刺したナイフの創と、刃渡りがおおむね一致した。

その後百人態勢で川をさらったところ、凶器とおぼしきナイフが発見された。

女遊びを笑里に咎められた楓真が彼女を刺し、車を隠すなどいったん小細工したものの、逃げきれないと見て自殺——。

ありきたりな筋書きではある。

それだけに、無残な結末であった。

8

市果は自宅のベッドで目を覚ました。

無機質な天井を眺め、次いでカーテン越しの陽射しを確認する。

土曜の朝だった。土日は完全休日だ。しかし、とくに嬉しくはなかった。なにもすることがないからだ。

——したいことも、ほしいものもない。

読みたい本も、観たい映画もない。

休日のたび味わう軽い絶望に、市果はいつも新鮮に驚いてしまう。二十六歳にもなって、わたしにはなにひとつない。恋人も推しも貯金も、なにも持っていない。

しかたなく市果はベッドからのっそり起き、紅茶を淹《い》れる。

砂糖もミルクもなしの紅茶を飲みながら、録り溜めていたドラマを観る。

べつだん、ドラマの内容に興味はない。お昼休みのとき、みんなと話題を合わせるために観ているだけだ。

ヒライさんはこのドラマの主演男優が好きで、「もし彼と付き合えたら、死んだっていい」といつも言う。モリタさんは「そんなことで死んじゃ駄目」と笑い、ハヤシさんは「でも幸せの絶頂で死ねたらいいよね」とうなずく。その横で、市果はやはりうつろに微笑むことしかできない。

リモコンの一時停止を押し、思いきり伸びをした。

ふとカレンダーを見る。「あっ」と思う。

カレンダーに丸が書いてあった。そうだ、美容院の予約をしたんだ。忘れてた。

——やることがあった。よかった。

予約の時間までには、あと一時間ほど間があった。市果はドラマのつづきを二十分ほど観てから、停止ボタンを押した。

立ちあがって着替え、洗面所で手早く化粧をする。

市果の化粧はごく簡単だ。まず顔を洗う。化粧水と乳液で肌を整える。あとは下地無用のBBクリームを塗り、眉を描いておしまいだ。どうせマスクをするから、唇に色は載せない。リップクリームで済ませてしまう。

——お化粧のしかた、やっぱり習えばよかったな。

面倒くさがらず、あのとき〝はーちん〟と一緒に習っておけばよかった。せっかく先生が「就職する前に、どう?」と勧めてくれたのに、失敗した。

冷めた紅茶を飲みほし、市果はアパートを出た。


「今日はどうなさいます?」

「伸びたぶんを切って、揃える感じで……。全体に軽くしてください。前髪は、眉下くらいでいいです」

ケープをかぶった鏡の中の自分は、まるっきりのてるてる坊主だ。

このケープ姿で滑稽に見えないのは、よほどの美人だけだろうな、と市果は思う。残念ながら超美人でない市果は、無様なてるてる坊主にしかなれない。

「ではカットしていきますね」

市果はこの美容院に、五年ほど通っている。

指名するのはいつも同じ美容師だ。市果より五、六歳上に見える、パキッとしたモード系の女性であった。

――なにがいいって、話しかけてこないのがいい。

彼女が発する言葉は、いつも必要最小限だ。

「今日はどうなさいます？」「トリートメントされますか？」「先にお流ししますね」「かゆいところはございませんか？」

この程度しか口にしない。

だから市果はカットしてもらっている間、思うぞんぶんタブレットで電子雑誌を眺める。雑誌のたぐいにお金を落とす気のない市果が、旬のファッションをチェックできるのは美容院でだけだ。

この店に出会うまでは、いろいろ試行錯誤した。いやな思いもした。

最悪だったのは、三十歳くらいの男性美容師にしつこくされたときだ。髪を切っている間じゅう「彼氏いるの？」「どこに住んでるの」と根ほり葉ほり訊いてきて、挙句のはてには、問診票に書いた市果の番号に電話をかけてきた。

「きみのこと、いいなーって思ったんだよね。どう？」

なにが「どう？」だというのか。

無言で市果が切ると、その後「調子にのんな、地味ブス！」「仲間に言うぞ。マワすぞ」とのショートメッセージが届いた。市果は心の底からうんざりし、彼の番号を着信拒否してから、その店を〝二度と行かないリスト〟に載せた。

「前髪、失礼します」

美容師の櫛と鋏が、前髪にかかる。市果はタブレットを膝に伏せ、まぶたを閉じた。

美容院を出ると、午後の二時過ぎだった。

半端な時間帯だ。手持無沙汰になんとなく書店に入り、次に雑貨店に入る。

——一人じゃデパコスめぐりも、ヌン茶もできない。

いや、べつにできないことはあるまい。〝お一人さま〟を楽しんだっていいはずだ。でも、無理にでもやりたいわけじゃない。

あちこちぶらぶらしているうちに、あっという間に時間が過ぎた。

見上げると、広場の時計は四時過ぎを指している。

そういえば朝も昼も食べていないと、はたと気づく。さすがにお腹が減ったし、喉も乾いた。

——今日はもう、朝昼夜兼用の一食で済ませちゃうか。

ちょうど天気がいいし、と、市果は目の前にあるカレーのキッチンカーに向かった。辛さ度数三のチキンカレーとサフランライス、ラッシーを注文する。

プラ皿とカップを受けとり、噴水のへりに腰を下ろした。

「いただきます」

想像よりだいぶ日本人好みの、辛いカレーだった。野菜はこまかく、チキンはごろっと大ぶりだ。

口中が脂っこくなったところで、すかさずラッシーで洗い流す。道行く人びとを、見るともなしにぼうっと眺める。

——あ。

あやうく市果は、カレーを喉に詰まらせそうになった。

雑踏の中に、見知った顔を見つけたからだ。

と言っても友人ではなかった。知人と言えるレベルでもない。なのに、妙に忘れられない顔であった。

——先週、『蔵』で会った人だ。

京風おでんが売りの居酒屋で、二日つづけて隣になった男性。

あのときと同じ、ポリエステルのロングコートだった。寒さに肩を縮めるようにして歩いている。

通りに並んだガラス張りの入り口に、ふいと入っていく。

安さで有名な、全国チェーンのビジネスホテルに繋がる入り口だった。

——あそこに泊まってるんだ。

そう思ったとき、市果のスマートフォンが鳴った。

ＬＩＮＥの着信音だった。送信者を確認して、すこし驚く。

「いっちゃん、ひさしぶりー。元気？」

はーちんだった。

ついさっきも思いだした名である。すごい偶然、と思いながら、市果ははーちんらしい長文のメッセージに目を凝らす。

「前から言ってた家裁の改名の件、ＯＫでした。通りました。というわけで、うちはいまこの瞬間から、はーちんではなくなります。いっちゃんなら、一緒に喜んでくれると信じてるよ……」

はーちんの本名は〝環依羽《わいはぁ》〟といった。

わいは、ではなく、わいはあ、だ。フルネームは、徳山《とくやま》環依羽ちゃん。

十六歳ではーちんを産んだ母親が、「妊娠してなきゃ、新婚旅行はハワイに行きたかった」との思いをこめて付けた名だという。はーちんはこの名前が、それはそれは大嫌いだった。

はーちんと市果の出会いは、児童養護施設だ。

施設にはキラキラネームの子がたくさんいたけれど、その中でも〝環依羽〟なる名前は浮いていた。

「こんなんキラキラですらねえよ。ふざけやがって」

はーちんがそう吐き捨てるのを、市果は何度も聞いた。

「大人になったら、ぜってー改名してやっから」

との言葉も、数えきれないほど聞いた。「改名して、あの馬鹿女とは縁を切る」とも聞かされてきた。

馬鹿女とは、はーちんの実母のことだ。覚醒剤乱用で四回捕まり、もろもろ全部合わせて七年服役した女。内縁の夫が、たった十一歳のはーちんを繰りかえし強姦しても、へらへらしていた屑女である。

実母が二度目の服役をした春、はーちんと市果は施設で出会った。

そして施設を出てのち、市果が唯一連絡先を残している相手がはーちんだった。

LINEのメッセージはつづいていた。

「晴れて改名できたこの機会に、昔のうちを知ってる人とは、全員縁を切ります」

と。

「新しい名前も住所も教えらんないけど、元気でね。道でもし偶然会うことがあっても、うちのことは知らないふりしてください」

「このスマホは解約して、新しい名前で買いなおします。SNSのアカも全部消します。ごめんね」

「クソみたいな人生をやりなおします。あの馬鹿女からも、逃げきってみせる。さよなら、いっちゃん。いっちゃんも、自分の人生を大事にしてください。どうか病気しないで。仕事やめちゃ駄目だよ」

「さよなら。元気でね。元気でいて。さよなら、いっちゃん」

しばし、市果は動けなかった。

みんないなくなる――、と思った。

みんな、わたしを置いていなくなる。母は死んだ。姉は結婚して離れた。はーちんも去る。みんな、遠くに行ってしまう。わたしだけが、なにひとつ変われぬまま取り残される――。

だが、次の瞬間。

市果は息を呑んだ。

通りの向こうで、ガラス戸をくぐって、さっきの男が出てくるところだった。

しかし様相が違う。服装も髪型も、なにもかもが違った。にもかかわらず、間違いなく同一人物だった。市果には、それがわかった。

――入っていったときは、男性だったのに。

さっきは黒のポリエステルのロングコートにジャージパンツ、スニーカー。どこにでもいる、小柄で猫背の中年男性だった。

――でも、いまは。

グレイの地に、きな粉をふったようなウールコート。不織布《ふしょくふ》マスク。首もとにモスグリーンのマフラーを巻いた〝女〟だ。髪はアップにまとめられている。

——どこかで見たような。

でも、どこでだったろう。

考える間もなく、市果は立ちあがっていた。カップと空き容器を手に、ほとんど無意識に〝女〟を追った。

土曜のせいだろう、人が多い。バッグにスマートフォンをしまった十数秒だけで、もう見失いそうだった。カレーの空き容器を捨てるのにも手間取った。

グレイにきな粉のコートを、雑踏の向こうにふたたび見つける。必死に小走りで付いていく。

なぜか、見失ったら終わりだ、という気がした。取り残されるのはもういやだ、と。

歩いて、歩いて、歩きつづけて——。

そして気づけば市果は、一人だった。

例の〝女〟はどこにも見当たらなかった。

どこでまかれたかわからない。向こうがこっちに気づいていたかどうかも、皆目わからなかった。

それでも諦めきれず、あちこちをさまよい歩いた。日が暮れて、世界が夜のとばりに包まれても、まだ歩いた。

そうして市果は、ふたたびわれにかえった。

駅のホームだった。

アパートの最寄り駅である。

本能的に電車に乗り、帰ってきてしまったらしい。ぼんやりと指さきで、ネックレスのトップをいじる。

駅で降りた乗客はとうに階段を通り、改札をくぐって去ったようだ。ぽつんとホームに立ちつくす市果を置いて、みな、自分の家へ帰っていった。

——無駄なあがきだった。

そう思った。やっぱり取り残された。やっぱりわたしは一人だ。

横から、いびきが聞こえた。

五十前後に見えるサラリーマンが、階段の降り口に尻を落として大いびきをかいている。酔っぱらいだろう。スーツは皺くちゃで、ネクタイが曲がっていた。

——わたしも帰らなきゃ。

そう思った。酔っぱらいのそばを、そっと通り過ぎる。

直接揺り起こすのはいやだった。変なお節介をして抱きつかれたり、からまれたりしたくない。改札を通るとき、駅員に一言伝えていけばいいだろう。

暗い階段を、慎重に一段一段降りた。この駅の階段はかなりの急勾配だ。落ちて大怪我した人が、いままでに何人もいると聞く。

あと数段で降りきる、と思ったとき。

視界の右脇を、なにかが通り過ぎていった。

次いで、鈍く重い音がした。なにか硬いものが割れる音だ。生理的に嫌悪をもよおす、ひどく不快な音だった。

市果はおそるおそる、それを見た。

さっきの酔っぱらいだった。

階段の一番下に、転がっている。首と右足が、おかしな方向に折れ曲がっている。普通だったらあり得ない角度だ。両の目が、うつろにひらいていた。

そのどんよりした白目を、牡蠣《かき》みたいだ、と市果は思った。安居酒屋で出すような、まるっきり鮮度の悪い牡蠣みたい――。

こつ、と頭上で音がした。

ローファーの足音だ。こつ、こつ、と降りてくる。

市果は目をすがめた。

〝女〟だった。

あの女だ。きな粉ウールコートの女。

片手にキャリーケースを提げ、ローファーの踵《かかと》を鳴らして降りてくる。

女は酔っぱらい――いや、酔っぱらいだったものにかがみこんだ。ポケットから、無造作に財布を抜く。札だけ抜き、財布をもとどおり戻す。

そのとき市果は、女が手袋をしているとはじめて気づいた。革でも毛糸でもない。台所仕事で使うような、透明のビニール手袋であった。

女が立ちあがり、まっすぐに市果を見た。

目と目が合った。

――女性だ。

あらためて市果は思った。

――女装の男じゃない。この人、女性だ。

女装家を、市果はいままでに何度か見てきた。

彼らは一様に同じだ。二十歳だろうが六十歳だろうが、〝少女〟もしくは〝若い女〟になるために着飾る。流行を無視した真っ赤な口紅を塗り、セーラー服や極端なミニスカートや、フリルだらけのメイド服を着たがる。

だが目の前の〝女〟は違った。

彼女は年相応だった。

三十六、七歳といったところか。その年代の地味づくりな女が着るであろうコートを着て、ごく普通のローファーを履いている。

化粧もネイルもシンプルながら、最低限の流行とTPOを押さえていた。さし色にしたマフラーのモスグリーンさえ、四十前の女としてひどく平凡だった。

わたしと同じだ——。市果は思った。

彼女は社会に溶けこもうと、できるだけ普通でいようとしている。

必要最小限に化粧をし、服を選んでいる。わたしと同じだ。年相応に、自分にできる範囲で〝普通でいよう〟と努めている。

——女装してるんじゃない。この人、女性なんだ。

市果を見つめたまま、女は万札をふたつに折った。ウールコートの右ポケットに入れる。次に左ポケットを探り、なにか光るものを取りだす。

ナイフだった。刃渡りは十五センチ以上あるかに見えた。ハンティングナイフだ。

女はゆっくりと階段をのぼってきた。

そして刃を市果に突きつけ、言った。

「アパート」

「え」

市果は目を見ひらいた。

「あなたのアパート、遠いの？」

「……あ、歩いて、十五分、くらい……」

舌がもつれた。声が乾いて、喉にへばりつく。

これは現実？　と己に問うた。

たぶん現実だ。でも、信じられない。自分の身にこんなことが起こるだなんて、実感が湧かない。体がうまく動いてくれない。

「そう」

女はうなずいて、「行こっか」と言った。

やさしい笑みだった。だがナイフの刃は、市果に向いたままだ。

「まわれ右して」

言われるがまま、市果はぎくしゃくと体の向きを変えた。その背後に、女がぴたりと付く。

「大声出さないでね。刺すのなんて、一瞬だからね」

「は、はい」

かろうじて答え、市果はごくりとつばを呑んだ。背に刃の気配と、女の体温を感じながら、ぎこちなく改札に向かって歩きだした。

その後どうやって駅を出て、どうやって帰ってきたのか、ろくに記憶がない。

気づくと、市果はアパートにいた。

自分の部屋で女と向かいあっていた。

皓々ともった蛍光灯の光に、朝出たときのまま、散らかった部屋が照らしだされている。茶渋のこびりついたティーカップ。寝乱れたベッド。飲み残しのペットボトル。出し忘れた燃えるゴミの袋。ポーチから出しっぱなしのコスメ。百均で買った、ほとんど空っぽのジュエリーボックス。

その真ん中で、ウールコートの女が奇妙なほどあざやかに際立つ。

ウールコートの彼女は、やはり女に見えた。

マスクをはずした顎には髭が伸びかけていた。ごつい手も、喉ぼとけもあらわになっていた。にもかかわらず、彼女はやはり〝女性〟だった。

「ま、——待って」

市果は意味もなく、掌を女に向かって突きだした。

「あなた……、誰?」

間の抜けた質問だった。

だが訊かねばいけない気がした。市果にとっては、もっとも重要な問いであった。

女は即答した。

「誰でもない」

疲れたように、ふっと笑った。

「——あたしが誰なのか、一番知りたいのは、あたしだよ」

第二章

1

江藤笑里殺しは、仁木楓真の自殺という苦い結果を迎えた。

ただし警察の仕事は、そこで終わりではない。

事件が解決しようが、山のような事務作業は残っている。指紋等確認通知書、凶器に関する捜査報告書、仁木楓真の足取りにかかわる捜査報告書等々、書類を作成していかねばならない。

――そしてそのためには、裏取りがいる。

番場は薄暗い小部屋で腕組みし、二十インチテレビの画面を睨んでいた。

何度も目薬をさしたはずの目がしょぼつく。『老いは目から来る』という俗説はほんとうだな、と実感した。高い目薬も、加齢によるかすみ目にはたいして効かない。

「すみません。カフェイン一発キメてきます」

隣の若い刑事課員が、腰を浮かせた。

「おれにも頼む」

番場はリモコンで画面を一時停止した。

「おまえのおすすめのエナドリでいい。一番効くやつを頼む」

言いながら、千円札を一枚抜いて渡した。刑事課員が頭を下げて受けとる。

「すみません、番場主任にこんな仕事させて」

「すまんことなんて、なにもないさ。もとはといやあ生安のポカなんだ。せめて、この程度のケツ拭きはしなきゃな」

彼らはこの小部屋で、防犯カメラ映像の精査に当たっていた。

机にテレビと再生用プレイヤーを置き、延々と画面を睨みつづける作業である。気になる点があれば、そのつどメモを取る。座っているだけの地味な仕事とはいえ、目は疲れ、気力と体力がてきめんに削がれていく。

——とはいえ、重要な作業だ。

仁木楓真の犯行を裏付けるには、彼の足取りを追うしかない。せめて楓真が何時にどこで笑里と落ちあったか判明させねば、まともな報告書は書けない。

「では、いってきます」

刑事課員が出ていった。ドアが閉まる。

照明を落とした部屋の明かりは、一時停止したテレビ画面のみだ。

いまは、コンビニの防犯カメラ映像が映しだされていた。笑里がATMで、二十万円を下ろしたコンビニである。

——おそらくこの店舗の半径五キロ圏内で、笑里は楓真と落ちあった。

眉間を揉みながら番場は思う。

ＬＩＮＥの履歴によれば、楓真は「昨日、給料日だったよな？」「手持ちがないんだ」「いくら出せる？」と、何度も笑里をせっついている。

楓真はせっかちで、小金に汚い男だった。笑里が二十万円を下ろしたと知れば、一刻も早く手にしようと、みずから出向いてきただろう。

しばし目を閉じてから、番場は目薬に手を伸ばした。一滴ずつ点眼し、ふたたび目を閉じる。

ぱっとまぶたをひらいたとき、彼の意識の隅を閃きが走った。

――ん？

画面に目を凝らす。

――この女、さっきも見たような。

ごく平凡な中年女だった。ＡＴＭを操作する笑里の、ななめ後方に立っている。化粧品などが並ぶ棚をじっと見ている。

顔はマスクとマフラーでほぼ見えない。厚ぼったいグレイのロングコートばかりが目立つ。笑里との比率からして、身長は百六十四、五センチといったところか。

――確かこいつ、どっかの防カメ映像にも映ってたぞ？

画面に顔を近づけたとき、ドアが開いた。

「番場主任、ただいま戻りました。こいつはおれのおすすめで、カフェイン含有量が一番……」

「すまん」

なかばで遮り、番場は刑事課員を見上げた。画面を指さす。

「おれはこの女を捜したい。前の映像か、前の前の映像か、とにかくどっかで見た気がするんだ。まことにすまんが、早戻ししていいか？」


番場はその疑惑を、その後の半日をかけて確証に変えた。

ロングコートの女は、コンビニから約四キロ離れたドーナツショップの防カメにも映っていた。

笑里はバイト先の同僚とショップに入り、四人掛けの席に座った。時刻は午後四時台。半端な時刻のため、店内は空《す》いていた。

女は笑里たちより先に、テーブル席でコーヒーを飲んでいたようだ。女と背中合わせに、笑里が座る。そして同僚と三十分ほど談笑する。

その間、コートの女は一杯のコーヒーで粘りつづけていた。そして笑里たちが店を出た約一分後、あとを追うように退店している。

――笑里の同僚との会話を、この女は洩れ聞いたのではないか？

そう番場は仮説を立てた。

笑里がこれから金を下ろすと知って、あとを尾けた可能性はないか。

番場はこの仮説を、まず二階堂に話した。

二階堂は話をさらに岬課長に上げたようだ。しかし、その後の音沙汰はなかった。

――無理もない。

冷静に番場は思った。

事件はすでに解決している。仁木楓真の遺体まで発見されているのだ。あの女が何者であろうと、いまさら結論は動くまい。

それに、みな早く終わらせたいのだ。犯罪にはきりがない。すぐまた次の事件が起こる。ただでさえ人手不足で、署員の大半が未決処理を抱えていた。犯人死亡で終わった事件に、よけいな労力を割く余裕はない。

――あの若手には、無駄な作業をさせたな。悪いことをした。

エナドリ一本じゃ埋め合わせにもならんか。そう苦笑しながら、署の裏手でメビウスの煙を吐いた。

底冷えのする寒さに、つい足踏みする。

しかし二階堂の言うとおり、すし詰めの喫煙所で吸う気にはなれないのだから困る。かじかむ手を交互にポケットに突っ込み、せめてもの暖を取った。

そのとき、胸で着信音が鳴った。煙草の端を噛み、片手で携帯電話を取りだす。送信者を確認する。

番場は目を見張った。

別居中の妻からのＬＩＮＥであった。

2

昼休みのさなか、市果は立ったまま朝刊を読んでいた。

社員食堂のラックには、読売と日経、そして地元新聞の三種が挿してある。正社員と派遣の区別なく、誰でも読んでいいとされている新聞だ。

市果が手にしているのは、今日付の地元新聞だった。

――落ちたあの酔っぱらいは、事故死で片付いたらしい。

ほんの数行のベタ記事に、眉をひそめる。

見出しは『会社員、駅で転落死』これだけだ。土曜の夜、五十二歳の男性会社員が駅の階段から落ちて死亡したこと。酔って足を滑らせたと警察は見ていること。この二点のみを報せる簡単な記事であった。

――不自然な点は、なかったんだろうか。

たとえば抜いてから戻された財布の角度だとか、残金だとか、落ちた男の姿勢だとかに不審点はなかったのか。

人ひとりが――家庭もあるだろう五十二歳の男性が死んだというのに、こんなにもあっさり事故で片付けられてしまうのか。

市果は新聞を握りしめた。

どうしよう、と思う。どうしよう、自分はどうすべきなんだろう。

だが考えても考えても、答えは見つからなかった。

あの夜、ナイフを突きつけてきたウールコートの〝女〟は、市果のアパートまで案内させた。住処《すみか》を知るだけでない。室内にまで踏みこんできた。

「お、お願い。お金ならあげます。ううん、殺してもいいから――」

市果は膝を震わせて懇願した。

「レイプだけは、勘弁してください」

それだけは、ほんとうに、ほんとうにいや――。

自分の声とは思えないほど、ひび割れて聞こえた。自棄《やけ》気味に市果はつづけた。

「というか、レイプされる前に死にます。わたし、絶対に自殺する。舌でもなんでも、噛み切ってみせます。本気だから」

しかし女は市果をきょとんと見つめ、

「なに言ってんの？」

鼻で笑っただけだった。

「馬っ鹿じゃない？　あたし、べつにレズじゃないし」

――そうして驚くことに、〝女〟はまだわたしのアパートにいる。

あの夜、市果は刃物で脅されながらメイクを落とし、着替えた。女がそうしろと言ったからだ。さらに女は「ベッドに横たわれ」と市果に命じ、彼女の手足を粘着テープで縛った。口もテープでふさいだ。

やっぱりレイプするんじゃないか――。

粘着テープの下で歯をかちかち鳴らし、市果は思った。

市果は知っている。レイプ犯は、美醜や露出度の高さで獲物を選んだりしない。ただ弱そうなやつを狙う。おとなしそうで抵抗しなさそうな女なら、やつらは誰でもいいのだ。女でさえあれば、いや、女性器さえあればいい。

――知ってる。

邪推なんかじゃない。知ってる。だってこの目で見てきた。母のもとにいたときも、施設でもだ。いやというほど目撃し、絶望してきたから知っている。

だが市果の予想に反し、ウールコートの女は〝男〟に戻らなかった。

市果に掛け布団をかぶせると、ごろりと床へ転がった。

ふたつ折りのクッションを枕にし、何度か寝がえりを打ったのち、女は寝息をたてはじめた。

市果のことは着替えさせたというのに、己はクレンジングシートでメイクを落としただけだ。コートを脱ぐことすらしなかった。

懸命に首をもたげ、女をうかがっていた市果は啞然とした。

――え？　なにこれ？

なにがどうなってるの？　と自問自答した。

まさか、今夜のねぐらがほしかっただけ？　そんな馬鹿な。

そうだ、馬鹿げてる。明日になればきっと殺されるんだ。あいつはわたしをレイプして殺し、わずかな金を奪って出ていく。ああ、でもできることなら、このネックレスだけは持っていかないでほしい――。

しかし市果の予想は、なにもかもはずれた。

その証拠に市果はまだ生きているし、レイプもされていない。

あり金を差しだすことは約束させられたが、いまのところ力ずくで奪われてもいない。実害といえばゆっくり入浴できないことと、毎晩縛られるがゆえの睡眠不足くらいか。現に、こうして出社だって――と考えたとき。

「へえ。新聞読むなんて、飯島さんって意識高い系？」

耳もとで声がした。

ざわっと全身に粟粒《あわつぶ》が立つ。慌てて振りかえる。

センター長だった。よく日焼けした顔に、ご自慢の白い歯が光っている。無意識に後ずさりながら、

「あ、いえ。ええと……」

市果は、意味のない声を洩らした。

——この人を頼って、「通報してください」と言うのはどうだろう？

脳裏に問いが浮かんだ。

「助けてください。いま、うちに人殺しがいるんです。通報して」。そんな台詞を、わたしはこの人に言えるだろうか？

どう考えても、答えは「否」だった。

まさか。あり得ない。訴えたところで悪い冗談と思われるか、精神状態を疑われて評価を下げられるかだ。なにより、己の心が警報を鳴らしている。この男は信用ならないタイプだと、サイレンをわんわん唸らせている。

つづく言葉に市果が迷っていると、

「センター長」

彼の背後から声がした。

センター長の肩越しに見やる。カシワだった。見慣れた険のある表情で、戸のそばに立っている。

「本社からお電話です」

「あ、ああ。いま行く」

センター長が離れ、カシワとともに去っていく。市果は短く息をつき、新聞をラックに戻した。

いつものテーブルへ市果が帰ると、

「前から思ってたけどさあ」

いち早くモリタさんが口をひらいた。

「センター長、飯島さんに気があるんじゃない？」

市果は、思わず彼女の顔を見た。モリタさんは含み笑っていた。その瞳に悪意の色はない。純粋に面白がっている。市果の反応を待っている。

——この人は、どうだろう？

頼めば通報してくれるだろうか？　すくなくとも彼女は悪人じゃない。市果に対し、意地悪でもない。でも。

——駄目だ。

市果の話を信じてくれるとは思えない。

第一、他人なんて信用できない。警察はもっとできない。自分から通報するなんて、考えただけで怖気《おぞけ》が走る。警察にいい思い出はひとつもない。

——それにわたしは、宝物をあいつに握られている。

「そんなわけないでしょ」

口から、さらりと言葉が洩れ出た。

「センター長には、イセさんがいるじゃん」

いつもと変わらぬ声が出せたことに、われながらほっとした。

そう、わたしはいつだって本心を隠せる。己を出さぬことに慣れている——。

モリタさんの笑顔のはるか向こうに、カレンダーが見えた。明後日の数字が赤丸で印刷されている。

明後日は祝日。つまり休みだ。

——あの女が出ていかないなら、またアパートで二人きりか。

目を細めたまま、市果は内頰を嚙んだ。

3

退勤時刻をタイムカードに刻み、ビルを一歩出る。

その瞬間、横から腕を摑まれた。

顔を見るまでもない。ウールコートの女であった。さっと市果へ体を寄せてくる。

朝もこうだったのだ。アパートを出て電車に乗り、会社に着くまで、市果は女にぴったり寄り添われていた。

「えっ、出社していいの？」

驚いて市果が問うと、女——そのときは化粧を落とし、ウィッグもはずして男の恰好だったが——は、無造作に答えた。

「あんたがいきなり会社を休みだしたら、まわりがあやしむでしょ。目立つ真似はしてほしくないの。いつもどおりでいな。ていうかあんた『お金ならあげます』って言ったけどさ、そもそも貯えがあんの？」

「え……」

どう答えようか、市果は迷った。だが結局、正直に答えた。「ないです」と。

市果は引っ越し魔だ。ひとつの場所に長くとどまれない。十万ほど金が貯まれば、発作的に住まいを変えたくなってしまう。

「ほらね」

勝ち誇ったように女は顎をそらした。

「だと思った。出社しなきゃ、あんた給料もらえないんじゃん」

自分の取りぶんが減る、と言いたいらしい。市果は混乱しつつも、「こいつを刺激したくない」の一心で、言われるがままにシャワーを浴びて身支度した。

ブラウスのボタンを留めながら、横目で占拠犯を観察する。

身長はけっして高くない。市果より十センチほど高い程度だ。がりがりと言っていいほど痩せている。お世辞にも強そうに見えない。

——でもやっぱり、男性の骨格だ。

はむかって勝てるとは思えない。殴られて、押さえつけられたら終わりだ。

向こうは刃物を持っているし、なにより暴力に慣れている。もっとも肝心なところはそこだ。躊躇《ちゅうちょ》なく、他人を傷つけられる人間なのだ。

そしていまも、市果はコートの布地越しにナイフの気配を感じている。

——やっぱり、モリタさんに助けを求めるべきだったか。

内心で悔やむ。

でも、なんと説明すればいいのかわからなかった。「人殺しと、居酒屋で隣になって」「犯人は女の恰好をしていて」「駅の階段から、人を突き落として殺したの」「いまはわたしのアパートにいるはず。お願い。通報して」こんな話を、いったい誰が信じてくれるだろう？

午後六時を過ぎた街は、濃紺の夕闇に沈んでいた。

立春はとうに過ぎたものの、まだまだ日は短い。ちぎった和紙のような月が、夜になりかけの空に薄っぺらく貼りついている。

「どうして」

小声で、市果は尋ねた。

「どうして、わたしを殺さないの？」

「ほんと、どうしてどうして、が好きね」女が平たく言う。

「だって――だって、不思議なんだもの」

どうとでもなれ、という気分で市果は反駁《はんばく》した。

「だいたい、よくこんなふうに通勤させるよね。わたしが逃げるとか、通報するって思わないの？わけわかんない」

ささやき声ながら、早口でまくしたてる。街の真ん中でなら、さすがに刺してこないだろうとの計算も働いた。

「それは、ほら。これがあるから」

女が含み笑い、衿もとに手をやった。

市果は唇を噛む。

マフラーで見えないが、市果のネックレスがいま女の首にあることはわかっていた。人質ならぬ、物質《ものじち》だ。女は独特の嗅覚で、それが市果の宝物だとすぐに見抜いた。

——そんな面倒なことをしてまで、なぜわたしを殺さない？

不思議だ。不思議でたまらない。

——でも、一番不思議なのは自分自身だ。

感覚の一部が麻痺しているのがわかる。こういうの、なんて言うんだっけ、と考えた。監禁されている状態に、自然に人質が適応してしまうやつ。確かストックホルム症候群だったろうか。

この女に囚われてから、ゆうに四十時間以上が経つ。いまさら、すぐに殺しはしまい。逆らわずにいれば生きていられる。そのためにも適応しろ。全力で順応しろ、と本能が訴えている。

「——おまえ、暴力慣れしてるだろ」

唐突に、〝男〟の口調で女は言った。

「人殺しじゃなくても、平気で人を殴ったり傷つけるやつが、ガキの頃から身近にいただろう。そういう匂いがする」

「ああ、うん……」

市果は言葉を濁した。否定したかったが、諦めが勝った。

「父とか、お母さんの彼氏が……お酒飲むと、乱暴になったから」

「よくある話だな」

「かもね。うん、そうなんだと思う」

市果はうつむいた。

父のことは断片的にしか覚えていない。母によれば、やはり飲んだくれのろくでなしだったらしい。

母はしょっちゅう父について愚痴った。しかし母がその後に作った彼氏たちも、みな父の同類ばかりだった。

――いまはもう顔も思いだせない、歴代の彼氏たち。

記憶の中の薄黒いシルエットが、泥酔しては母を怒鳴り、殴る。母は抵抗ひとつしなかった。いつも泣くばかりだ。他人に、流されるだけの人生だった。

「はじめて会ったときから、わかってたんだ」

ウールコートの女が男口調で言う。

「おまえ、普通じゃないよ。へたしたら、おれより頭おかしい」

「………」

市果は顔をそむけた。

不思議と腹は立たなかった。だからなの？　と、ただ胸の内で問うた。

だからあなたは、わたしの家を隠れ家にしようと決めたの？　わたしが頭のおかしい女で、暴力に慣れていて、あなたを通報しないと踏んだから？

あなた、警察から逃げてるの？　あれがはじめての人殺しじゃあないよね？　いつもあんなふうに無造作に殺すの？　人を殺して、お金を奪いながら生きているの？

しかし、どの問いも口にはできなかった。

女が唐突に足を止めた。つられて、市果も歩みを止める。

見上げると、皓々と光るコンビニの看板があった。

帰宅して、市果は重いエコバッグを置いた。

中身はコンビニのからあげ弁当、三色そぼろ弁当、ペットボトルのお茶、スナック菓子、カップ焼きそば。そして高保湿タイプのクレンジングシート、チューハイのロング缶三本、替えの下着——男性用も女性用も二枚ずつ——だった。代金はむろん、市果が支払った。

女が断りもなくクロゼットを開け、コートをハンガーに掛ける。

三色そぼろ弁当を手にとって座る。チューハイの缶を引き寄せる。すでに勝手知ったる、という風《ふ》情《ぜい》であった。

——そういえばこの人、男の姿のときでも「めし作れ」とは言わないな。

市果はぼんやり思った。

レイプする気も見せず、めし炊き女として使うでもない。

そういったジェンダー感覚がないのかも？　と市果はいぶかしんだ。

——だとしたら、ありがたい。

もともと家事は苦手だ。他人のために三度三度ごはんを作り、他人のパンツを洗うだなんて、考えただけでぞっとする。

「なにしてんの」

女が市果を見上げた。いつの間にか、また女性口調に戻っていた。

「なに突っ立ってんの。座んなよ」

「あ、……はい」

うながされ、おとなしく座った。からあげ弁当と、ペットボトルのお茶を目の前に配置する。掌を合わせる。

「いただきます」

ごく自然に、二人で唱和した。

――やっぱり、そうなのかな。

お茶の蓋を開けながら、市果は首をかしげた。

この「いただきます」の習慣、やっぱりそういうことだろうか。わたしの身に着いたのと同じ理由なんだろうか。でも、訊いていいのかわからない。

女が右手で箸を使いながら、左手でテレビのリモコンを摑む。

ぱっと画面が明るくなり、バラエティ番組の騒々しい笑い声が沸いた。しかし女は画面を観ず、すぐ弁当へ顔を戻した。音がほしかっただけらしい。

市果は横目で女の荷物を見た。

安っぽいキャリーケースがひとつきりだ。女が無頓着に開け閉めするせいで、中身はすでに目にしていた。

必要最低限だろう着替え。ウィッグふたつ。ドラッグストアで買えるたぐいのコスメ。大量の財布。大量のスマートフォン。同じく大量の、誰のものともわからぬ運転免許証。そして数枚のナンバープレートだった。


「ここのシャワー、ぬるいな」

風呂上がりの香りを漂わせた〝女〟が、市果へ目を向けずに言う。

ただし、いまの見た目は男である。化粧を落とし、ウィッグをはずし、男もののスウェットを着ている。袖から覗く手首が、骨ばって太い。

市果はベッドに転がされ、手足を粘着テープで縛られていた。

女が入浴前に縛っていったのだ。食事が終わったら縛られ、朝起きるまでほどいてもらえない。一昨日も、昨日もそうだった。なんのかの言っても、市果の逃走は阻《はば》みたいらしい。

タオルで濡れ髪を拭く女の背に、市果はふっと言った。

「……なの？」

「あ？」

女が――いや、いまは〝男〟が振りかえる。

「あなた、トランスジェンダーなの？」

「は？　なんだそれ」

意味不明、と言いたげに市果を見下ろしてくる。なんでもない、と答える代わり、彼女は無言で目をそらした。

――やっぱり、いやだな。

男の姿で、同じ部屋にいられるのはいやだ。縛られるのは百歩譲っていいとしても、せめてずっと女の恰好でいてほしい。

〝男〟が冷蔵庫から牛乳パックを取りだし、

「チッ、低脂肪か」と舌打ちした。

「わざわざ金出して、なんでこんなもん買うんだ。加工された牛乳は、健康によくねえんだぞ」

4

――やっぱりわたしは、ストックホルム症候群らしい。

ヘッドホンから垂れ流されるクレームを事務的に処理しながら、市果は思う。

その証拠に、もう六日も〝あの女〟から逃れられずにいる。

よけいなことをして刺されるくらいなら、言うことを聞いて、あり金を差しだして、女が出ていくのを待つほうがマシだ。

そんな投げやりな気持ちで日々をしのぎ、言われるがままに縛られ、朝夕に会社まで送迎され、機械のようにルーティンをこなして生きている。

――もともと、人生に目標なんかなかった。

一日一日を無事にやり過ごすこと、それだけを考えて暮らしてきた。積みかさねた〝一日一日〟の果てになにがあるかなんて、突きつめたくもなかった。

それはいまも、たいして変わらない。

生活の中に入ってきた異物にできるだけ目をつぶり、意識を遮断し、今日という日を無事にのりきる。その繰りかえしだ。

目標なんかない。人生設計も理想もない。ただ、生きてさえいればいい。

通報する。交番に駆けこむ。むろん、何度も考えた。でもそのたび「警察沙汰はいやだ」「騒ぎにしたくない」の気持ちが勝った。

どうせウールコートの女は、じきに去る。

女が去ったあとも市果の生活はつづくのだ。それを思えば、目立つのは避けたかった。周囲に奇異の目で見られるのも、同情されるのもまっぴらだ。

——あの女は、流れ者だ。定住なんかしない。

そう市果は肌で悟っていた。

わかるのだ。なぜって、かつては市果も放浪した。母と姉と、その日暮らしの生活を送ってきた。母が死んで、施設に保護されるまでは、だ。

フロアに『美しく青きドナウ』が流れだした。

「以上、本日はわたくし飯島が承《うけたまわ》りました。お電話ありがとうございました。ご不明点がございましたら、またお電話くださいませ……」

型どおりの台詞を告げ、通話を切る。

『休憩』のコマンドをクリックし、肩から力を抜く。

「今日のA定食、なんだっけ?」

「鮭のフライじゃなかった? B定食はハムエッグだって。しょぼいよね」

市果と同じ二班のメンバーの声が、背中で聞こえる。足音が離れていく。

——食欲はないけど、食べなきゃな。

この六日間で、ウールコートの女の情報をすこしずつ得られた。問わず語りに、本人がぽつぽつと洩らしたのだ。

あの女にとって、殺人は生活の一部だった。

ごく普通に、日雇いの肉体労働などで生きている時期もあるらしい。しかし本人いわく「殺せそうなやつがいたら、殺す」「機会さえあれば殺し、財布から現金を奪う」のだそうだ。

だがその金で豪遊することはない。寝床はカプセルホテルやネットカフェ。スマートフォンは持たない。賭博もしない。食事は一袋八十八円のスナック菓子を、朝昼晩の三度に分けて食べれば充分だという。

「食いだめできる体質なの。寝床と食べもんとで、五万あれば一箇月はもつね」

だから『蔵』のような店には、本来は滅多に入らないという。

「けど、あんときはお金あったから。二十万持ってた女を、埼玉で殺《や》ったんだ」

「埼玉」

思わず市果はおうむ返しにした。

「それって……もしかして、古笛市の女性殺し？」

ヒライさんが「古笛市に従姉が住んでんだよね」と言っていた事件だ。

市果自身、『『蔵』で会った男がやったのでは？」とちらりと思った。いま思えば、あれは一種の虫の知らせだったのか。

「古笛市？　ああ、そうかな。そんな地名だったかも」

男もののスウェットに、ウィッグだけかぶった女がうなずく。

事件の流れはこういうことらしい。被害者の江藤笑里と、女はたまたまドーナツショップで行きあった。笑里は同僚らしき相手に、

「元彼がお金に困ってるから、これから下ろしに行く」

と話していた。

同僚が止めるのもかまわず、笑里は「しょうがないよ。あの人、あたしがいなきゃ駄目になっちゃう」と言い張ったという。

それを聞いて、ウールコートの女は思った。

――あんたが付いていてもいようがいまいが、そいつは駄目な男だよ。

――どうせギャンブルに溶けるだけの金だ。あたしがもっと有意義に使ったげる。

と。

女はその後、江藤笑里を尾行した。コンビニのATMで笑里が二十万円引きだすのを確認し、さらにあとを尾けた。

約十分後、潰れた学習塾の駐車場に立つ笑里の前に、型落ちの軽自動車が停まった。

まず助手席に笑里が乗りこむ。運転席の男に腕をまわし、キスをする。

ドアロックはされていなかった。その隙に女は後部座席のドアを開け、素早く乗りこみ、運転席の男の喉に包丁を突きつけた。

「走れ」女は言った。

つづいて笑里に顎をしゃくった。

「へたな真似をしたら、すぐ刺すよ。元彼はあんたのヘマで死ぬ」

その後は人気《ひとけ》のない場所まで走らせ、まず笑里から殺した。

彼女から先に殺す必要があった。いまどきの警察は、馬鹿にできない。何時ごろ死んだかを、ある程度正確に割りだせるらしい。

――元彼が笑里を殺し、自分も死んだ。そんな筋書きに合わせなきゃいけない。

女はいま一度「走れ」と元彼に命じた。

死体を乗せたまま、軽自動車は三十分ほど疾走した。その間、元彼は「お、おれは殺さないよね？」「なんでも言うこと聞くから、殺さないでくれるよね？」と繰りかえしていたという。

だが元彼の願いはかなわなかった。

彼は無人の河原で車を停めるよう言われ、「降りろ」と命じられたのち、刺殺された。死体は川へ蹴りこまれた。

女は運転席へ乗りこむと、ビニール手袋を着けた手でハンドルを握った。そして暗い小路で笑里を下ろし、電柱にもたれさせた。

軽自動車は適当な空き家へ乗り捨てた。ただしリヤのプレートを、ストックしてあるナンバープレートと替えるのは忘れなかった。単純な手だが、このひと手間で逃走時間が稼げるのは実証済みであった。

語り終えた女が、牛乳で舌を湿す。

その横顔を、市果は唖然として見やった。

「……いつも、そんなふうにしてるの？」

語尾が震えた。

「そんな行きあたりばったりで——そんなので、捕まらずに生きてこれたの？」

だが問いながらも、頭の片隅ではわかっていた。

この女は、嘘をついていない。

本能的な悪知恵こそ働くけれど、手のこんだ嘘をつく知性はない。やっていないことを創作して、立て板に水で他人に話せるほど賢くない。

「捕まらないよ」

女は肩をすくめ、さらりと言った。

「だって誰も、あたしのことなんか見てないもん」


ランチを素うどんで済ませ、市果は休憩時間いっぱい、トイレの個室でスマートフォンをいじった。『殺人　警察　なぜ捕まらない』のワードで検索する。

表示された数千単位の記事を飛ばし飛ばし読んでいくと、『四人殺して、十箇月捕まらなかった宮《みや》﨑勤《ざきつとむ》事件』というページにぶつかった。

宮﨑勤事件。正式には『東京・埼玉連続幼女誘拐殺人事件』と呼ぶらしい。またの名を『警察庁広域重要指定事件一一七号』とも言う。東京と埼玉をまたぎ、半径二十五キロ圏内で四人の幼女を誘拐・殺害した事件である。

市果ははじめて知ったが、県をまたいでの犯罪は、警察庁がこの広域なんとかに指定し、各県警が管轄を越えて合同捜査するようだ。

しかし宮﨑勤は、警視庁と埼玉県警の合同捜査で逮捕されたのではなかった。事件が広域重要指定とされる二箇月前に、彼は別件——幼女へのわいせつ事件——で逮捕されていたからだ。しかも現行犯逮捕したのは警察官ですらなく、幼女の父親であった。

「警察のメンツを立てるためだけの、かたちだけの広域重要指定だった」

と、記事の筆は辛辣《しんらつ》である。

半径二十五キロ圏内での子ども殺しがつづけば、素人の市果でも「同一犯だ」と思う。しかし警察は、宮崎をわいせつ事件で別件逮捕するまで、これらの事件が同一犯による犯行と認定しきれていなかった。

記事はさらに『北関東連続幼女誘拐殺人事件』にも触れる。同じく幼女ばかりを狙った、未解決の連続失踪事件だ。

一般には栃木と群馬をまたいだ犯行とされるが、茨城を含める説もあり、すべてを同一犯と仮定するなら十二件にのぼるという。またこの事件は捜査の過程で、『足利事件』という重篤な冤罪《えんざい》事件をも生んでいる――。

市果は洋式便器に腰かけたまま、目を閉じた。

しばし脳内で、情報を整理する。

――要するにウールコートの女は、移動しながら殺しているから捕まりづらい、ってこと？県境をまたげば、警察の管轄も変わる。ふだんは県警同士で連携を取っていないから、すぐ隣県の事件であっても、結びつけて考えづらい。

おまけにあの女の殺しの手口は、ばらばらだ。ナイフを使うときもあれば、階段から蹴り落とすだけのときもある。撲殺や絞殺も厭《いと》わないという。おまけに被害者は全員、行きずりの相手らしい。

――怨恨でも痴情のもつれでもなく、手口も被害者像も一定しない殺人。

これは確かに、連続殺人事件と気づかれにくそうだ。

ふうと息をつき、市果は目を開けた。

――それにあの女は、括弧付きの〝女〟だ。

ときと場合によって、男になったり女になったりする。トランスジェンダーではなさそうだった。多重人格、と言うほうが正確に思えた。

市果の見たところ、危険なのは〝女〟のほうだ。男の姿をしているときは、口調こそやや荒いがおとなしい。

――殺人者の人格は、おそらく〝女〟が担っている。

胃が、ざわりと波立った。

さっき食べたばかりの素うどんが、喉もとまでこみあげてくる。

――ヤバ。吐きそう。

だがさいわい、吐くまでにはいたらなかった。胸を押さえ、呼吸を整える。

いつものようにネックレスを触りたかった。いつもなら、あれに触れてさえいれば、自然と落ちつけるのに。

壁越しに『エリーゼのために』が響きはじめた。二班の休憩が終わった合図だ。

スマートフォンを手に、市果はのろのろと立ちあがった。

5

「飯島さんさ、最近元気なくない？」

ヒライさんの声に、「え」と市果は顔を上げた。

テーブルを挟んだ真正面に、気づかわしげな顔があった。

彼女の前にはいつもどおり、おにぎり定食のお盆がある。モリタさんもハヤシさんも休みなので、今日は市果とヒライさんの二人だけだ。

「元気ない……ように、見える？」

「ていうか、悩みごとでもあるのかなって。考えこんでる時間、多いからさ」

「ああ、うん……」

市果は薄く苦笑した。

「悩みごとっていうか、面倒くさいことがあって」

「わかる。アラサーともなると、いろいろあるよねえ。独身で派遣だからって、お気楽なわけじゃないよね」

うちも親がうるさくなってきてー、とつづけるヒライさんに、市果は笑顔で「そうなんだぁ」「エグいね」と機械的に相槌を打った。

――いっそ、なにもかも捨てて逃げてしまおうか。

そんな思いが頭をかすめる。

これでもう、十日も〝あの女〟と一緒にいる。女がまだ出ていく気配はない。さすがに怖くなってきた。

――女そのものより、彼女の存在に慣れそうな自分が怖い。

ここ数日、女が市果を見る目に殺意はない。皆無だ。その事実がさらに怖かった。日常から非日常へ、どんどん浮遊していく感覚があった。

この十年、平凡に暮らしたいと願ってきた。

普通じゃない暮らしはもういやだ、市井に埋もれて生きたいと望み、百パーセントではないにしろ日常に満足していた。なのに。

「うちの親って田舎もんだから、世間体とかめちゃ気にすんだよね。こないだ帰ったときもさ、見合いしないかーとか言って……」

ヒライさんが言う。

「うわ、しんどい」

市果は合いの手を入れた。その声が、まるで他人のもののように遠い。

——通報せず、騒ぎにもせず解決したいなら、全部捨てて逃げるしかない。

昼休みのうちに貯金を全部おろして、仕事も住まいも捨てて、縁もゆかりもない土地まで逃げる。どこかの田舎で、住み込みの仲居かホステスでもして生きていく。

たぶん、やってやれないことはない。順応力には自信がある。きつい仕事も平気だ。放浪生活だって経験済みだ。

——ああ。でも、美雨ちゃんがいる。

市果は目を閉じた。

母は死んだ。はーちんは消えた。けれどまだ、わたしには姉の美雨がいる。離れて暮らしてはいても、姉妹であることは変わりない。

社会とわたしを繋ぎとめる糸は、いまや姉だけだ。その糸を断ち切りたくない。姉のためにも、平凡な存在として世間に溶けこんでいたい。

「ねえ」

会話の継ぎ目を狙って、市果はヒライさんに言った。

「わたしってさ、おかしく見える?」

脳裏に〝女〟の言った言葉がこだましていた。

――おまえ、普通じゃないよ。

――へたしたら、おれより頭おかしい。

「変なやつだ、って思ったことある?」

「えー、べつに変とまでは思わないけど」

すこし戸惑ったように、ヒライさんが笑う。

「けど、まわりのことは気にしない、ってタイプに見えるかな。飯島さん、親切だけどクールだよね。もっと言うと、自分のこともどうでもよさそう。あ、これはもちろん、いい意味でね?」

「はは……」

笑いかえそうとした。

だがその瞬間、己の手に違和感を覚えた。

――あ、ヤバい。

気づいたときには遅かった。口のまわりが痺れはじめる。その痺れが、一気に広がる。手がひとりでにこわばり、すぼまっていく。

覚えのある感覚だった。過去にも何度か味わっている。この息苦しさ。間違いない。この吐き気と、動悸。胸を引き絞られるような圧迫感は。

――過呼吸だ。

顔の筋肉が引き攣るのがわかった。

喉がひゅうっと鳴る。苦しい。息ができない。

うまく酸素を吸って吐けない。苦しい。苦しい苦しい苦しい苦しい。こめかみが痛む。視界が霞《かす》んでいく。苦しい。

「飯島さん！　ちょっ、飯島さ……！」

ヒライさんの声がする。

カシワが駆け寄ってくるのが見える。

だが、そこまでだった。世界がぐるりと反転したのを最後に、市果は意識を手ばなした。


「ほんとに大丈夫？」

「はい、大丈夫です。お騒がせしてすみませんでした」

すでに何度も繰りかえした問答だった。うんざりしつつ、市果は笑顔で答えをこなした。

場所は、サポートセンターがテナントとして入っているオフィスビルの一階フロアだ。時刻は午後二時十二分。

目の前には、センター長が立っていた。

過呼吸を起こした市果が、ようやく回復したのが三十分前。早退すると決まったのが二十分前。タイムカードを押し、ロッカーからバッグを回収したのが五分前。

そして「大丈夫です」と何度も言ったのに、センター長にエレベータまでついて来られ、現在にいたる。

――最悪だ。

市果は自嘲した。

職場で過呼吸を起こして目立ってしまったこと。こうしてセンター長に見送られていること。またイセさんに睨まれたこと。なにより出入り口のガラス越しに、街路樹の横で待つ〝女〟がはっきり視認できること――。

なにもかもが最悪だった。

――やっぱり、早退しても無駄だったか。

「歩ける？　駅まで送ろうか」

「いえ、ほんとに大丈夫ですから」

強めに言い、センター長を振りきってビルの外へ出た。

間髪を容れず、ウールコートの女がぴたりと横に寄り添う。

「早かったのね」

女がささやいてくる。

もはやごまかす気も起こらず、市果は投げやりに答えた。

「ちょっと、職場で倒れちゃって。……ストレスかな」

いつものようにコンビニに寄り、夕飯と缶チューハイを買ってアパートに戻る。

しかしいつもと違ったのは、

「あんたも飲みなよ」

と女にうながされたことだった。

「ストレス溜まってんでしょ。飲みなさい」

「は……」

——わたし、具合が悪くて早退したんだけど？

そう反駁しかけて、やめた。この女に逆らっても得はない。

第一、市果自身も飲みたかった。アパートを占拠されてからというもの、一滴もアルコールを口にできていない。こんな気分の日くらい、酒で憂《う》さを晴らしたい。

アルコール度数九パーセントの、レモンが描かれたロング缶を手に取る。プルタブを起こし、ぐっと呷《あお》る。

まずレモンの味と強炭酸が、次にリキュール系チューハイ独特の風味がやって来た。ひさびさのアルコールに、ぶるっと背が震えた。

ウィッグを付け、化粧したままの〝女〟も缶を開ける。市果と同様、一気に呷った。ごくごく喉を動かしてから、指で唇を拭う。

「はは」

女が笑った。

「あはは」

市果も笑った。自分でも、意味のわからぬ笑いだった。

市果は笑いながら、

「……これ、開けていい？」

買ったばかりの、揚げせんべいの袋を指した。

6

揚げせんべいや鮭とばをかじりながら、市果と女は穏やかに飲んだ。

チューハイの空き缶が、飲んだ順からテーブルの縁に並んでいく。レモン、グレープフルーツ、梅、シークワーサー。無言のうちに、度数も九パーセントから十三パーセントに上がっていく。

何本目かのレモンに手を伸ばしたとき、スマートフォンが鳴った。

LINEの着信音だ。確認してみると、センター長からだった。思わず頬が歪んだ。

「嫌いなやつから?」

女に問われ、素直に「うん」とうなずく。

「あんた、顔に出るタイプね」

「え」

市果は目をまるくした。

「……そんなの、はじめて言われた」

なにを考えてるかわからない、だの、不思議ちゃんだよね、だのはよく言われてきた。しまったな、と内省する。今後は自宅だろうが酔っていようが、いっさい気は抜けなさそうだ。

「男? 女?」

「男で、上司」

新たな缶を開け、市果は答えた。

「今日、わたしを出口のとこまで送ってきた人。ガラス越しに見えてたでしょ？　あの人よ。気持ち悪い。ほんと嫌い」

「どういうとこが、嫌いなの」

「どうって……」

市果は唇を曲げた。

「派遣の子と、不倫してるの。なのに、わたしにもべたべたしてきてさ。ゲロ吐きそう。ああいう『ヤれそうな女を見れば、即ヤるのが男』みたいに思ってる人、ほんと無理。マジ生理的に無理」

酔ってるな、という自覚はあった。

酔いが口を軽くしている。たぶん、よけいなことばかりしゃべっている。さっき「しまった」と思ったばかりなのに、抑えられない。

「不倫相手は、どんな子？」

「わたしと同期。前は一緒にランチしたりしたけど、いまは全然。たぶんセンター長はその子に飽きたか、『奥さんと別れて』とでも言われて、揉めてるんだと思う。だから代わりにわたしにちょっかいかけたんでしょ」

はは、と乾いた声で市果は笑った。

「わたし、おとなしそうに見えるからさ、よくあるの。舐められて、よく声かけられる。適当にだまして玩《もてあそ》んでも、泣き寝入りしそうに見えるんだろうね」

「玩ばれたこと、あるの」

「まさか。ないよ」

つい語調がきつくなった。

「不倫なんて、結局セックスじゃん。なんでわたしが、妻子に飽きてるだけの糞男と無料《ただ》でセックスしなくちゃいけないの。あり得ない。キモい。キモいキモいキモいキモいキモいキモい。セックスなんて、金もらってもあり得ない。センター長はキモいし、あんなのに引っかかるイセさんは馬鹿だよ。馬鹿でキモい。ああいう人たちだけで村でも作って、一生そこに隔離されててほしい」

言葉が奔流のように溢れてくる。駄目だ、酔っている。止まらない。

女が口をひらいた。

「イセさんって、あのごつい女？」

「え？」

「骨ばった、足のぶっとい中年女？　あんたがビルを出るとき、柱の陰からじっと見てたよ」

「ほんと？　気づかなかった」

市果は首をかしげた。

「でもそれはイセさんじゃなくて、カシワだと思う。ほんとの名前はカシワじゃなくて、ええと……なんとかケサコ。正社員で主任。たぶんあの人も、センター長に気があるんじゃないかな。へたすると一、二回ヤってるかも」

「ふうん」

女が鼻で笑う。「キモいね」

「でしょ」

深ぶかと市果はうなずいた。

「最悪だよ」


その後も二人は飲みつづけた。

缶チューハイがなくなり、ペットボトルのワインを持ちだした。

揚げせんべいと鮭とばの袋が空いたので、女はカップ焼きそばを、市果はちぎって塩をふったキャベツを肴に飲んだ。

女はチェイサーに、水ではなく牛乳を飲んでいた。女のリクエストで買った、低脂肪ではない成分無調整牛乳だ。

途中で、市果は氷を取りに立った。製氷室を開けたついでに冷蔵室のドアもひらく。紙パックの野菜ジュースを手に取る。

テーブルに戻り、女に野菜ジュースを差しだした。

「これ」

「え?」

「牛乳もいいけど、これも体にいいよ」

「ああ」

女は合点《がてん》したようにうなずき、市果をまっすぐ見上げて言った。

「ありがとう」

奇妙なほど邪気のない、無心な声だった。

その瞬間、市果はなぜか胸を衝かれた。女と自分が、完全に対等のような錯覚さえ感じた。

「なに？」女が目をしばたたく。

「なんでもない」

市果はかぶりを振って、もとの位置に腰をおろした。

「いただきますって、言うよね？」

安ワインのグラスを引き寄せ、酒の勢いを借りて言う。

「居酒屋で会ったときから、気になってた。わたしもそうだけど……必ず『いただきます』を言うなあって」

「施設で教えられたからね」

さらりと女が言う。

「やっぱり」市果は首肯した。

「だと思った。わたしも養護施設にいたからさ。挨拶習慣、すっごい叩きこまれたよね。習慣になりすぎて、この歳になっても言わないと落ちつかない」

「親、いないの？」

女が問う。

傘持ってないの？　とでも訊くような、ごく軽い口調だ。

「いたよ。けど、どっちも死んじゃった」

市果も軽く答える。

「お母さんが死んだ頃は、定住所がなかったんだ。あの日はわたしとお母さんと姉とで、ラブホテルに泊まってたの。そしたら、お母さんが急に倒れて――。心臓麻痺だったのかな。もうどうしていいかわかんなくて、姉とそこにいるしかなかった。内線電話が鳴ったのは、翌日の朝。ホテルのフロントからだった。正直に『お母さんが死んだ』って言ったら、警察官が来て保護されて、施設行きになったわけ」

「ふうん。あんた、いくつなの？」

「二十六」

「意外と若いね。もっといってるかと思った」

「そう？」市果はグラスを呷り、笑った。

「はじめて言われた」

「だってあんた、落ちついてるっていうか、ふてぶてしいじゃん。まあでも、確かに見てくれはガキだね。若いっていうよりガキ」

「うん、それは自分でも思う」

素直に市果は同意した。

保護されたときのことは、いまでも覚えている。女性警察官に「かわいそうに。汚れて、こんなに痩せて」と言われた。とくに美雨は「これで八歳？」と役所の人に驚愕されていた。二人とも虫歯だらけで、不潔で、極端な栄養不良だった。

――いまもどこか、それを引きずっている。

わたしはひどくいびつだ。体も情緒も、うまく育っていないと感じる。普通になりたいのになれない。社会に、完全に埋没していられない。

「お腹いっぱいだね」

市果はキャベツの皿を押しやった。

女も、カップ焼きそばの容器に箸を置く。

「そうだね。ごちそうさま、する？」

「うん」

二人は掌を合わせ、低く唱和した。

「ごちそうさま」

7

窓ぎわの席で、番場は妻と向かいあっていた。

あきらかに税金対策でひらいているだけの、うら寂しい喫茶店だった。

コーヒーは薄く、豆が酸化したいやな風味がした。テーブルは油でべたついていた。日焼けしたメニューが、褪せて黄ばんでいる。

妻に「ファミレスは家族連れが多いからいやだ」と言われた。公園も同様だ。学校や病院が近い店も行きたくない、と断られた。

しかたなく番場は、この喫茶店を指定した。

刑事課にいた頃、情報屋と会うのに使った店だ。いつ来ても客がいない。二十年を経てもまだ経営していることが、ありがたいと同時にどこか忌々しかった。

「……ごめんなさい。いきなり」

妻がぼんやりと言う。

「会ってくれると、思わなかった」

「断るわけないだろう」

喉につかえたような声で、番場は答えた。

香南子《かなこ》はまた痩せたようだ。外にあまり出ないせいか、テーブルに置いた手の甲がなま白い。

「この季節になると、どうにも落ちつかなくて」

香南子の左手には、まだ結婚指輪が嵌まっていた。その事実に番場はほっとした。この指輪を見るためだけでも、来てよかったと思った。

「春だった、から」

そうだ。春だった。

もう二十四年も前になるのだ。彼ら夫婦が娘の芹香《せりか》を失ったあの春から、早や二十四年が経つ――。

「まだ、おれを許してくれないのか」

番場は言った。香南子が、ふ、と笑う。

「なに言ってるの。わたしを許していないのは、あなたでしょう」

「違う」

語尾にかぶせるように、番場は反駁した。違う。

過去には、確かに妻を責めた日もあった。だがなじった瞬間でさえ、彼は香南子を愛していた。

鬱状態に陥っていく妻を繋ぎとめたくて、ある夜は抱きしめて眠った。多忙すぎる刑事課にいては香南子を支えきれないと、異動願を出した。だが願は二年つづけて見送られた。しょうことなしに彼は、妻を実家に帰した。どの瞬間も、変わらず愛していた。

「今日は」

妙に平たい声で香南子が言う。膝のバッグから紙を取りだす。

「今日は、あなたにこれを、渡そうと思ったの」

番場はぎくりとした。

離婚届だった。だがさいわい記名されてはいなかった。どの欄も未記入の、まっさらな用紙だ。役所からもらってきたばかりに見えた。

「待て」

押しころした声で、番場は制した。

「待ってくれ。おれたちが別れたら、芹香の帰る場所がなくなる」

すがるように言い、頭を下げた。

「おれを嫌っても、憎んでもいい。だが、頼む。芹香のためにこらえてくれ」

下げた頭越しに、妻の声が聞こえた。

「嫌いな、わけ」

嫌いなわけないじゃない――。

語尾が、潤んでかすれた。

番場は顔を上げられなかった。いま香南子の顔を見たら、彼女より先に泣いてしまいそうだった。

残酷な春の陽射しが、ガラスを通して彼らに降りそそいだ。

8

「……気象台は、高知県と熊本県で桜の開花を観測したと発表しました。熊本では平年より三日遅く、高知では一日早い開花です。今月上旬は冷えこみましたが、ここ十日ほど気温が高めに推移したため、ほぼ平年どおり……」

朝のワイドショウが、春の訪れを告げている。枝でほんの数輪咲いた桜が、画面いっぱいに映しだされている。

「施設で、お花見って行った？」

ストッキングをたくしあげ、画面から目を離さず市果は問うた。

「行った」

髭を剃った顔に、化粧下地を塗りこみながら女が答える。

「お弁当持たされて、毎年バスで行った。お弁当はいつもパックのちらし寿司と、なんていうんだっけ、あの大きなみかん」

「甘夏？」

「それかな、そうかも。必ず毎年ちらし寿司と、そのみかん。いやだったな。みかんは小粒がおいしいのにさ」

「うちは助六寿司と、ブルボンのお菓子だった」

市果は小声で言った。

「その年によってルマンドだったりエリーゼだったりしたけど、なんでか絶対ブルボンなの」

「いいじゃん。ブルボンのほうが絶対いいよ」女は言い張った。

「あの大きいみかん、剝きづらいし、酸っぱいばっかで甘くないし、ほんとやだった。なんでいつもあれだったんだろう」

みかんのことばかり、ぶうぶう言う。桜がどうだったとか、バス酔いしたとかの話はまったく出てこない。

思わず市果は笑ってしまった。

──こんな出会いかたじゃなかったら、よかったな。

内心でつぶやいた。

二人で「ごちそうさま」と声を揃えたあの日からだ。あれを境に、心の距離がぐっと近づいたと感じる。

むろん相手は、人殺しの監禁犯だ。わかっている。こんなふうに思うのはよくない。そう頭では理解している。

なのに気づけば彼女の前で無防備に着替え、なごやかに雑談までしている。

──たとえばSNSで知りあえていたら、いい女友達になれただろうか。

そうしたらコンビニの助六寿司と、冬みかんと缶チューハイを持って、二人でお花見に行けたのか。休日にはホテルのカフェでヌン茶して、髙島屋や三越のデパコスへ一緒に買い物に行く未来もあったのではないか。

テレビの画面が切り替わった。

桜が消え、流行りのスイーツが大写しになる。三軒茶屋のカフェで大人気だとかで、行列がどうのと女子アナが読みあげる。

「あと十分で、出るよ」

頬の毛穴にファンデーションを叩きこむ女に、市果は声をかけた。


――三寒四温とはよく言ったものだ。

十五分の休憩時間に、窓越しに外を眺めて市果は思う。

施設の大先生がよく言っていた。

「四日温かい日がつづいたら、また寒い日が三日くらい来る。次に温かい日が四日。それを繰りかえして、春になっていくんだよ」と。

――それにしたって、今年は気温の上がりかたが急勾配だな。

この前までは、毛布なしではいられないほど寒かった。でも最近は、夜中に暑くて目が覚めることもしばしばだ。縛られて寝ている市果は、布団をはねのけることもできず、そのたび往生する。

「ねえ飯島さん、お花見の予定ある？」

そう横から尋ねてきたのは、ハヤシさんだった。

「うーん、どうだろ。まだ決めてない」

笑顔に見えるよう目を細め、市果はあたりさわりのない返事を返す。

あの過呼吸以来、ヒライさんとはすこし距離ができた。

はっきり避けられてはいないが、どこか腫れ物扱いだな、と感じる。しゃべる機会は自然と、ハヤシさんやモリタさんとのほうが増えた。

「そういえばハヤシさん、あのさ」

市果は柄にもなく、ふと自分から話を振ってみた。

「デパコスって、女性じゃなくても買いに行けるかな」

「行けるよ、そりゃ」

あっさりハヤシさんは言った。

「いまどき男の子でも、化粧水と乳液くらい普通に付けるじゃん。営業さんなら、ファンデとノーズシャドウ必須の男性だって珍しくないよ。やっぱ営業って、第一印象が命だからさ」

「そっか」

「お高いとこのBAほど訓練されまくってるしね。よっぽど小汚い恰好だとか、冷やかし丸出しじゃない限り、性別やルックスで拒否したりしないよ」

「そうなんだ」

「……で、誰?」

「え?」

きょとんとする市果を、ハヤシさんが覗きこむ。

「彼氏と行くの?　いいなあ、デパコスデート。うちの彼氏、そういうの全然なんだよね。ロクシタンですら臭いとか言うし、ほんと使えねーわ」

仕事を終えてビルを出ると、いつものように女が待っていた。

しかし、どこか様子が違った。

ほとんど口を利かない。市果が話しかけてもうわのそらだ。どうしたんだろう、といぶかしんでいると、女が足を止めた。

矯正歯科の看板の前だった。女が、市果に向かって手を伸ばす。

「スマホ、出して」

「え、——なに？」

「いいから。スマホ渡して」

苛立った口調だった。

しかたなく、市果はバッグを探って女にスマートフォンを手渡した。暗証番号も、問われるがままに教えた。

その場で女が操作する。五分ほどいじって、市果に返すことなく自分のコートのポケットにねじこむ。


——なんなの？　どうしたの？

尋ねたかった。だが質問できる雰囲気ではなかった。

市果と女はその後も黙々と駅まで歩き、電車に乗り、アパートまでの帰途を黙々とたどった。

その間、寄り道はいっさいなかった。コンビニにすら入らなかった。

そうして帰宅するやいなや、女は市果を縛った。

粘着テープで市果の手足を縛り、口をふさぎ、転がしてから部屋を出ていった。ただひとつ救いとして、スタンドの灯りだけは点けていってくれた。

長い長い、長い時間が過ぎた。

市果はまんじりともせず、女の帰宅を待った。いやな予感がしてたまらなかった。胃がむかつき、耳鳴りが止まなかった。背すじがざわざわした。

女が戻ってきたのは、夜が明けてからだった。

だが出ていったときとは、姿が違った。男の恰好をしていた。きな粉のウールコートを脱ぎ、ウィッグをはずし、代わりに黒いポリエステルのコートを羽織っている。鼻の下と顎に、髭が短く伸びている。

「逃げるぞ」

〝男〟は言った。

言いながら、市果を縛った粘着テープを解く。解かれながら、市果は唖然とした。

「え、なに、なんなの」

男は答えない。市果はいま一度、問うた。

「なんで逃げるの」

「はじめて、かかわりあるやつを殺した」

呻くように男が言う。

「は?」

「くそっ、感情が入った。きっとヘマをした」

「なに言って――」

答える代わり、男はリモコンを取ってテレビを点けた。

何度かチャンネルを変え、ニュースを選ぶ。数分して、NHKで〝目当ての〟ニュースがはじまった。

「……昨夜午後十時ごろ、千葉県納重市《のえ》で女性二人の遺体が発見された事件の続報です。遺体の身元が判明しました。会社員の伊勢友菜《いせゆうな》さん、二十六歳。同じく会社員の武石今朝子《たけいしけさこ》さん、三十九歳……」

市果は思わず跳ね起きた。

伊勢友菜？　武石今朝子だって？

——イセさんと、カシワじゃないか。

ニュースキャスターが、抑揚なくつづきを読みあげる。

「また二人の上司である男性が、同時に失踪していることから、警察はなんらかの事情を知っているものと見て……」

上司である男性？　まさか。

——まさか、センター長？

市果はゆっくりと首をもたげ、男を見上げた。

男の表情はむしろ悲しげだった。市果から微妙に視線をはずし、彼は言った。

「だから、言っただろ。……逃げるぞ」

その刹那、市果はなぜか在りし日の母を思いだした。

そうだ。母もあの日、同じように言った。自分には手に負えぬ現実をもてあまし、すべてを投げだすように、市果に向かって告げたのだ。「逃げるよ」と。

市果は呆然と男を見上げつづけた。
あれほどしつこかった耳鳴りは、不思議と止んでいた。

第三章

1

夜十時過ぎの歓楽街は、人でいっぱいだった。

寒いはずなのに、心なしかこの一帯だけ生暖かい。空気が脂っぽい。

酔っぱらいの団体とすれ違うたび、酒気が「むわぁっ」と顔に吹きかかる錯覚を起こす。

お好み焼き屋。串かつ屋、焼き鳥屋。カラオケバー。居酒屋。ショットバー。ガールズバー。キャバクラ。

歩を進めるごとに、看板が猥雑になる。おっぱいパブ。ホストクラブ。フィリピンパブ。看板に『デブ専』『熟女』『人妻』等々の文字が躍りはじめる。ネオンサインがより派手に、下品な色あいになっていく。

そんな小路を、市果は〝女〟と肩を並べて歩く。

「あたしから逃げられるなんて、思わないで」

さっき、そう言われたばかりだった。

隣を行く女に――人を無造作に殺め、壊す〝凶器〟に。

そこには罪悪感も後悔もない。凶器に囚われて、逃げられる人間などいない。

――そしてわたしは、いまや共犯だ。

女が鉄パイプで頭を割った、グレイスーツの男を思いだす。彼の死体を摑んで引きずった感触がまだ手に残っていた。言いのがれは効かない。死体遺棄の共犯以外の、なにものでもない。

――ずっと普通でいたかったのに、な。

市果は右手を上げ、ぼんやりと前方を指した。

「……串かつ屋の看板、あったよ」


串かつ屋で、女はよく食べた。

スタンダードな串かつだけでなく、うずら串、アスパラ串、厚切りベーコン、つくね、チーズちくわをたいらげ、美味《うま》そうに生ビールを干した。

はじめのうち、市果は「食欲がない」と言い張った。しかし女に強いられたビールを胃に入れると、てきめんに空腹感がよみがえった。

結局串かつと帆立串を一本ずつに、おにぎりセットを食べてしまった。おにぎりは鮭と昆布であった。

支払いは、女がグレイスーツから奪った金で済ませた。

その足で駅方面へと向かう。午前のうちにネットカフェで調べておいた〝ツインルームに三千円台で泊まれるビジネスホテル〟にチェックインする。

フロントでの記名は、市果がさせられた。ためらうことなく〝飯島美雨〟と書いた。

料金は先払いであった。フロントの職員は、すんなりとカードキイを市果に手渡した。

指定されたツインルームは、ごく無機質だった。

入ってすぐにクロゼットがあり、ユニットバスルームがあり、あとはツインベッドとテレビ、ドレッサー兼文机のような鏡付きの机があるだけだ。

窓は厚ぼったいカーテンで閉ざされている。念のため細く開けてみたが、隣のビルの壁が見えるだけだった。

「……四万円も、持ってたね」

靴を脱ぎ、アメニティのスリッパに履きかえつつ市果は言った。

「ん？」

「さっきの、グレイの人。四万円も持ってたから、びっくりしちゃった」

「風俗でも寄る気だったんじゃない？」

こともなげに女は言う。

「風俗でクレカ加盟店って、あんまないから。基本、現金払いだからね」

「へえ」

市果はうなずいてから「行ったこと、あるの？」と訊いた。

「行ったことあるから、そういうの知ってるの？」

「はあ？」

振りかえり、呆れたように女が言う。

「あたしが風俗行ってどうすんのよ。言ったでしょ、レズじゃないって」

「でも、ほら……男の人の姿のときも、あるわけだし」

言いづらそうに告げる市果に、「ああ」と女は顔をしかめ、「それはない」と断言した。

「あの子にそんな度胸ないよ。それにあの子、汚れ仕事が嫌いだしね」

「汚れ仕事……」

「なにその顔。あたし、なんか変なこと言った？」

女が声を上げて笑う。

「人殺しとセックスなんて、究極の汚れ仕事じゃんか」

——確かに。

内心で市果はうなずいた。あけすけで下品なもの言いではあるが、正しい。

女がウールのコートを脱いで、クロゼットのハンガーに掛ける。

そろそろ季節にそぐわなくなってきたコートだ。体形を隠せるのはいいが、着つづけたら目立ってしまう。週末あたり、薄手のスプリングコートに替えねばなるまい。

「あたしがなんで風俗事情まで知ってるかって、そりゃ現金持ってるやつを狙ってるからよ。覚えちゃうでしょ、普通」

馬鹿じゃないの、と言いたげに女がうすら笑う。

「どこをうろついてたら実入りがいいか、調べるに決まってんじゃん。ビジネスなんだからさ」

ビジネスか。市果は思う。女にとってはそうなのだろう。けれど、言いきってしまえる豪胆さがすごい。豪胆？　いや、厚顔と言うべきか。

「……ビジネスなのに、残金あるうちに、盗っちゃうんだね」

ひとまずベッドに腰かけ、低く言った。

「二百万円、まだ全然使ってないのに——。殺すこと、なかったんじゃん？」

「なに言ってんの。金に困ってから盗るんじゃ遅いよ」

女の口調は、やはり無造作だった。

「盗れるとき盗っておかないと、手口が雑になる」

二百万円——。

そう口にしたことで、市果の記憶は〝あの日〟に飛んでいく。

女が〝男〟の恰好で戻ってきて、市果の粘着テープを解くやいなや「逃げるぞ」と言いはなったあの日に。

あの日、市果は〝男〟とともにテレビのニュースを観た。

キャスターはイセさんとカシワが死体で見つかったと淡々と告げ、彼女たちの上司が行方不明だと読みあげた。

そして〝男〟はウールコートのポケットに、帯封付きの一万円札を二束——つまり二百万円を持っていた。

「くそっ、感情が入った。きっとヘマをした」

彼はそう吐き捨て、市果にいま一度「逃げるぞ」とうながした。

「え、待って」

彼女を追いたてんばかりの〝男〟に、「待って。待って待って待って待って」市果は慌てて追いすがった。

「つまり、イセさんとカシワを、あなたが殺したってこと?」

「おれじゃない」

男は短く答え、それから付けくわえた。

「おれじゃなく――〝彼女〟だ。彼女が殺した」

ああ、と一瞬市果は納得しそうになった。その奇妙な納得を振りきり、隣室に聞こえぬ程度の声で言いかえした。

「だとしても、なんでわたしが逃げなきゃいけないの」

その刹那、男の目つきが変わった。一瞬で〝彼女〟の瞳になった。

思わず息を呑んだ市果に、女は言った。

「あんたのＬＩＮＥのＩＤを使った」

「はあ?」

「あんたのふりをして、イセって女にかまをかけた。イセとセンター長がどこで待ち合わせるか探って、やつらを尾けて、全員殺した」

「は……」

吐息のような声が洩れた。

なにそれ、と思った。

なにそれ、どういうこと。わたしのスマホを持っていったのはそのためだったの。なんてことをしてくれたの。ひどい。信じられない。あんたの強盗殺人に、なぜわたしまで巻きこむの。いったいなんの権利があって。

そんな市果の心を読んだように、

「あのねえ、あんたはとっくに巻きこまれてんだよ」

〝女〟が顔をぐっと近づけてきた。

「あんたは毎朝、毎晩わたしと表の道を歩いてたんだ。その間、わたしと一緒にいるところを何十人に、何度見られた？　このアパートにあたしが出入りするところを、何十回目撃された？」

「でも。で、でも――……」

市果はあえいだ。

でもわたしは殺してない、と言いたかった。わたしは関係ない。加担してなんかいない。

しかしそう思うそばから、べつの「でも」が浮かんでくる。

でも、殺されたのはわたしの同僚と上司だ。女と彼らを繋ぐのは、わたしという存在のみだった。

わたしが「キモい」と言い、「最悪」と評した人たちが殺された。

そのとき、市果ははじめて気づいた。自分がまったく悲しんでいない、という事実にだ。衝撃に打ちのめされてはいるけれど、三人の死がすこしも悲しくない。涙一滴、こみあげてこない。

震える声で、市果は問うた。

「……わたしのスマホは、どうしたの」

「便器に水没させた」

「捨てたの」

「まさか。すぐ捨てたら足が付くでしょ」

ああそうか、どこか麻痺した頭で市果は思う。あなたがキャリーケースの中に、いっぱい持っているスマホ。あれはそういう理由で持ち歩いてたのね。警察の管轄を遠く越えたところで、すこしずつ処分するためね。

市果に荷物をまとめさせながら、女はいきさつを手短に語った。

彼女はいつもどおり、オフィスビルの前で市果を待っていた。

しかしイレギュラーなことが起こった。昼休みに、センター長がビルから出てきたのだ。

その目つきと足どりに、女は「ぴんと来た」という。そして、センター長のあとを尾けた。

センター長が入っていったのは銀行だった。だが彼はATMに向かわなかった。壁際のテーブルに並べられた、払戻請求書を取った。

女はさりげなくなくなめ後ろに立ち、彼の手の動きをうかがった。すくなくとも七桁の額を引きだすらしい、と悟った。

窓口に払戻請求書を出し、椅子に座って待つ間、センター長はしきりにスマートフォンをいじっていたという。その横顔には、はっきり苛立ちがあった。

女は市果の言葉を思いだした。

――派遣の子と、不倫してるの。

――センター長はその子に飽きたか、『奥さんと別れて』とでも言われて、揉めてるんだと思う。

なるほど、不倫相手を清算する気だな。彼女は悟った。

絶好の好機だ。自分が便乗しても、もっとも警察にあやしまれないパターンだ。男が痴情のもつれで女を殺し、自分も死ぬ。おさだまりの筋書きである。古笛市の江藤笑里殺しでも使った手口だった。

センター長が会社に戻るのを見届け、彼女はふたたび待った。

退勤した市果に家まで付き添い、市果のスマートフォンとIDを使ってイセを挑発した。イセは捨てられると悟って混乱していた。まんまと挑発にのった。誘導されるがままに、センター長との待ち合わせ場所を吐いた。

ただし、二度目のイレギュラーが起こった。センター長が待ち合わせ場所に、カシワをともなって登場したのだ。そして自分の代わりに、カシワにイセを説得させた。

「あんたの言うとおりだった。あいつら、デキてたわ」

男の恰好のままの〝女〟が、含み笑いながら言う。

「センター長さんと、足の太い中年女。二人がかりで、イセって女をやいのやいの責めたててさ。あたしまで、ちょっとイセがかわいそうになっちゃった」

「……だから、なの？」

「ん？」

「だから、『感情が入った』の？　……あなた、そう言ったじゃない」

——くそっ、感情が入った。きっとヘマをした。

確かに男はそう言った。そして直前に、こうも吐き捨てた。

——はじめて、かかわりあるやつを殺した。

と。

あれは、わたしを通しての〝かかわり〟という意味だろう。市果は思う。

確かに、彼らのことを嫌いだと言った。「最悪」ともなじった。でも、殺してくれなんて頼んでいない。わたしはなにもしてない。この女はあくまで、自分の都合で殺しただけだ。

とはいえ、彼女にそう突きつけることはできなかった。

結局、市果は女に屈した。安物のボストンバッグに最低限の荷物を詰め、急きたてられるがままにアパートを出てしまった。

——そして、現在《いま》にいたる。

串かつの脂の匂いをまとったまま、ビジネスホテルのツインルームにいる。

——でも、心のどこかでわたしは納得してる。

ベッドに腰かけた姿勢で、市果は思う。

いつかこうなる運命だった気がする。

ずっと普通でいたかった。でも普通じゃいられない予感もしていた。予感が実現したことに、どこかほっとしている自分さえいる。

——麻痺してる。

あらためて自覚した。

逃亡生活がはじまってからというもの、何十度目かの自覚だった。

というか、鈍麻させなきゃいけない。そうしないと生きていけない。深く考えず、女に逆らわず、流されるように日々を過ごすしかない。

順応には自信があった。だって、いままでの実績がある。

どんな環境だろうと、市果は順応して生きてきた。母と美雨と放浪した日々も、飢えたときも、施設でもだ。どこだろうと適応し、生きのびてきた。

女は市果の手足を粘着テープで縛ってから、

「シャワー、浴びてくるね」

と告げて浴室に去った。

出てくるときは、男の姿になっているだろう。市果は思った。

着替える途中の姿を、〝女〟はけっして市果に見せない。ウィッグだけかぶった中途半端な姿なら数回見せたけれど、それだけだ。

市果はベッドに座った恰好で拘束されたまま、床をちらりと見やる。

女のキャリーケースがひらいて、中身が散乱していた。

乾いてどす黒くなった、血痕まみれの布が目に入った。女がセンター長とイセさんとカシワを殺したとき、返り血を浴びた服であった。

切り刻まれて、いまはただの布きれと化している。すこしずつコンビニやスーパーのゴミ箱に捨てていくため、二人で鋏で刻んだものだ。

血に、恐怖は感じなかった。嫌悪もなかった。センター長の遺体がどうなったかにも、興味は湧かなかった。

浴室から聞こえるシャワーの音に、市果は耳を澄ませた。

2

納重署に捜査本部が立ちあがったのは、伊勢友菜と武石今朝子の遺体が見つかった翌朝のことだ。

二人は某解体リサイクル工場の、第二廃車置き場で発見された。

発見者および通報者は同工場の従業員である。残念ながら現場の一部は、彼の嘔吐物で汚された。

武石今朝子の死因は撲殺だった。後頭部と顔面を、鉄パイプ状のもので数度殴打されていた。

伊勢友菜も同様に、頭蓋骨を骨折していた。ただし直接の死因は、刺創による失血死だ。鋭利な刃の一突きが、正確に右心房をつらぬいていた。

肝臓の温度からして、両者とも死亡推定時刻は前日の九時から十一時の間。おそらくはほかの場所で殺され、この廃車置き場に捨てられたものらしい。

だが残念ながら、第二廃車置き場に防犯カメラはなかった。

あるのは工場の出入り口と、第一廃車置き場だけだった。第二のほうは、盗む価値のないスクラップばかりだからだ。

伊勢友菜と武石今朝子は、ともに納重市内にある某家電メーカーのテクニカルサポートセンターで勤務していた。

伊勢は派遣社員で、武石は正社員。立場の違いはあれど、ともに独身の一人暮らしである。

伊勢友菜のバッグは遺体のそばにあった。

財布はフルラで、中身は現金七千八百十二円と、健康保険証、キャッシュカード二枚、クレジットカード一枚、ドラッグストア等のポイントカード数枚。

バッグには化粧ポーチ、歯みがきセット、イヤフォン、ハンドタオル、ポケットティッシュ、アルコール除菌スプレー、キイホルダー、マスクがあった。

一方、武石今朝子のバッグは五メートルほど離れたところに遺棄されていた。

コーチの財布には現金一万四千二百七十円と、運転免許証、健康保険証、キャッシュカード一枚、クレジットカード一枚、ポイントカード数枚、診察券など数枚。

バッグの中身は、化粧ポーチ、ピルケース、文庫本、除菌ウェットティッシュ、キイケース、エコバッグ、マスク、のど飴、眼鏡、スマートフォンである。

「物盗りではないな」

第一臨場した捜査員たちは、そううなずきあった。

財布が手つかずで、伊勢友菜のピアスも武石今朝子のネックレスもそのままだ。

ただし伊勢友菜のスマートフォンは、現場の半径三キロ以内を捜索しても発見できなかった。

「二十六歳の女性が、スマートフォンも携帯電話も持たんわけがない。犯人が奪ったんだろう」

と、これも全捜査員の意見が一致した。

武石今朝子のスマートフォンは、本人の指紋でロック解除できた。

電話の通信履歴を確認したところ、彼女は六時から六時四十五分の間に『賢ピ』なる人物から三回着信を受けていた。

またLINEでは、ID名『せっきー』と親しげな会話を頻繁に交わしていた。あきらかに相手は男性であり、肉体関係ありの間柄であった。

なお彼らのやりとりには、『伊勢』『イセ』『ゆーな』という名が何度も出てきた。

「ゆーながしつこくて」

「だから言ったじゃん。伊勢みたいな子はヤバいって」

「だな。サコちんの言うこと聞いとけばよかった。あいつ、なんか勘違いしてるよ。やっぱガキは遊び相手に向いてない。大人の女の包容力が一番だ」

といった具合である。

誰の目にも、『せっきー』が伊勢友菜と武石今朝子の二股をかけていること、武石今朝子が余裕ぶりながらも嫉妬していることは明白だった。

さいわい『賢ピ』および『せっきー』の正体は早々に割れた。

関賢太郎、三十八歳。

被害者二人が勤めるサポートセンターのセンター長だ。公式サイトに顔写真が載っており、なかなかの男前だった。肌は浅黒く、歯が人工的なほど白い。

関は既婚者で、二人の子持ちだった。県庁所在地にローン三十年残のマイホームと、五年ローンの七人乗りミニバンを所有していた。

そのマイホームに事件当夜、関は帰宅しなかった。そればかりか朝になっても戻らず、出勤もしなかった。

おまけに前日、つまり事件当日の昼休み、彼は個人名義の通帳から現金二百万円を引きだしていた。

捜査本部は各々の通信会社と、ＬＩＮＥの運営元に開示請求をかけた。

判明した事実は、ほぼ予想どおりだった。

関賢太郎は伊勢友菜、そして武石今朝子の両名と不倫関係にあった。ただしここ半年ほど、彼は伊勢友菜に夢中だったようだ。

武石今朝子からの連絡はほぼ無視し、ＬＩＮＥのメッセージも、

「ごめん、寝てた」

「電源切ってた」

とつれない返事ばかりが並ぶ。

雲行きが変わってきたのはここ一、二箇月である。

「いつ奥さんと別れてくれるの」

「大事なのはうちだけだって言ったよね？　いつ結婚してくれるの」

と迫る伊勢を、関はもてあましたらしい。ふたたび武石に連絡を取りはじめた。

「ごめん、反省してる」

「やっぱおれにはサコちんしかいないわ」等々。

あまりに虫のいい言いぐさだ。だが武石今朝子はほんの数日ごねただけで、関を受け入れ、モトサヤにおさまっている。

この段階で、捜査本部は事件を筋読みした。

——伊勢友菜を切りたくなった関は、手切れ金に二百万円を用意した。

——一人で会う勇気がなく、伊勢の上司である武石も呼んだ。

——しかし別れ話がこじれ、逆上した関は伊勢を殺害。

——死体を始末するべく武石を抱きこもうとしたが、恐怖にかられた武石は拒否。通報すると騒ぎだしたため、関は彼女をも殺害。

——二人の遺体を愛車のミニバンに積み、廃車置き場で遺棄。その後、逃走。

おおよそこんな流れだろうと思われた。

捜査本部は、まず関のスマートフォンを当たった。しかし電源を切っているらしく、ＧＰＳはたどれなかった。

捜査本部が立ちあがった六時間後、関のミニバンが見つかった。現場から六キロ離れたショッピングセンターの駐車場に乗り捨てられていたのだ。トランクには、おびただしい血痕があった。

犯人は関賢太郎で間違いない。誰もがそう思った。あとは彼の身柄を押さえるだけと思われた。

だが鑑識が採取した物証の分析結果が出るや、捜査本部はいったん立ちどまった。

無視できぬ疑問点がいくつか浮かんだのだ。

ひとつ目は、関のミニバンから採取された血液だった。

DNA型からして四人ぶんあった。まず伊勢と武石。これは当然である。問題は残り二名だ。どちらも男性のもので、A型とB型であった。

関はA型である。B型の血液はごく少量だった。おそらくかすり傷程度だろうが、ハンドルの下部に付着していた。

ふたつ目は、第三の女性の存在である。関賢太郎と伊勢友菜のLINE履歴を開示させた結果、浮かびあがった名だ。

――飯島市果、二十六歳。

同じサポートセンターに勤める派遣社員である。

伊勢が殺害される数時間前、飯島市果は彼女にLINEメッセージを送っている。関との交際を匂わせ、伊勢を挑発する過激な内容であった。

伊勢はこのメッセージに反発し、

「今夜もデートだもん。別れるわけないじゃん」

「賢ピのお母さんもうちの味方だよ。いつも使ってる稲崎の倉庫だって、お母さんの持ち物件だもん。

飯島さんはここ、教えてもらってないっしょ？」

　などと返信している。

　なおこの飯島市果は、関と同日に行方を絶った。出勤しないばかりか、アパートからも消えた。また彼女のスマートフォンも、いまだ電源が切られたままだ。

　――つまり関は、最新の愛人とともに逃亡した？

　はじめのうち、捜査本部はそう睨んだ。

　しかしその筋はすぐに否定された。

　否定したのは、ＬＩＮＥメッセージを分析した科捜研の分析官である。

　いわく「履歴を見る限り、飯島市果は一貫して関を拒んでいる。関からの誘いをのらりくらりとかわしつづけている。甘い空気はまったくない。言葉の選びかたからして、関への嫌悪すら感じる」

　サポートセンターの同僚たちの証言も、その分析を後押しした。

「飯島さんに男性の影？　全然です」

「センター長となんて、まずあり得ません」

　と、全員が口を揃えて答えた。対照的に関と伊勢友菜の関係は、誰もが認めるところだった。

　また科捜研の物理研究室主任によれば、飯島市果が犯行当日に伊勢友菜に宛てたＬＩＮＥメッセージは、「すべて別人の手によるもの」だそうだ。

　報告書には以下のように記された。

「全体にひらがなが多く、『一応』を『いちよ』、『そういう』を『そおゆー』と打つなど、それまでの飯島の文体と一致しない。飯島より数段無教養な人物が打ったものと思われる。もしくは中高年の男性が、若い女性の文体を装った可能性もある」

――すなわちメッセージを偽装したのは関賢太郎か？

――伊勢と武石を殺したあと、関はかねてより執心だった飯島市果を拉致して、逃走した？

――だとすると、無理心中が目的では？

ともあれ一刻も早く、関賢太郎を見つけねばならなかった。

警察は、関が逃走中に頼りそうな親戚や友人知人をリストアップし、各所に見張り人員を送った。彼のSNSは、事件の前日で更新が止まったままだった。

一方の飯島市果は児童養護施設の出身で、家族らしい家族はいない。姉が一人いるが、すでに結婚し遠方住まいである。プライベートで遊ぶ親しい友人はおらず、SNSもやっていないという。

合議の結果、捜査本部は防犯カメラ映像の公開に踏みきった。

事件当日、関賢太郎が銀行を訪れたときの映像である。顔、体格、歩きかたの特徴などをカメラははっきりとらえていた。

この映像は、ニュースやワイドショウなどで全国に放映された。

3

全国チェーンではない、ごくローカルなファミレスだった。

正午までまだ三十分も間があるというのに、市果たちが入店したときはすでに満席であった。二組ほどの先客が、待機用の椅子につくねんと座っている。

——ああそうか、春休みか。

市果はいまさらながら気づいた。己と無縁すぎて、思いつきもしなかった。

いまは男の恰好の〝女〟が、記名帳スタンドに歩み寄る。ためらいなく「ヤマムラ」とペンで書きなぐる。

へえ、と市果は思った。

彼もしくは彼女が、なんらかの名を名のるのをはじめて見た。ネットカフェなどで会員証を出すことはあれど、どれも他人名義のカードばかりである。市果に書かせなかったことも含め、驚きの連続だった。

テーブルには、十分ほど待って通された。

奥まった壁ぎわの席だった。さっそく注文用のタブレットを手にする。

男は和風ハンバーグ、市果はボロネーゼに決めた。それぞれミニサラダとドリンクを付け、注文を送信した。

セルフサービスのドリンクを、交互に取りに立つ。コーラのグラスを持って戻った彼に、市果は小声で問うた。

「さっきの『ヤマムラ』って、誰？」

「おれだ」

即答だった。

「おれの名前だ。——たまに名のらないと、忘れちまうからな」

おかしな言いぐさだった。しかし市果には理解できた。

「わかる」と彼女は首肯して、

「わたしも頭の中で、自分の名前をしょっちゅう繰りかえすよ。そうやって言い聞かせないと、世界ごと遠くなってく気がするよね」

ストローの袋を破った。

「なんていうか、自分のいるべき場所はここじゃない、みたいな……。自分が誰なのかわからない、みたいな感覚が、ずっとあるの」

「そんなの、みんなだろ」

彼は言い、グラスの底をおしぼりで拭いた。

「そう？　みんな、そうなのかな」

市果は首をかしげた。

「わたし、みんなはそうじゃないと思ってた。だってみんな、自信たっぷりじゃない。自分が誰なのか、どんな人間なのか、疑いもせず堂々と生きてる。わたしみたいに、ふらふらしてないもん。自分がなにをしたいのか、なにがほしいのか、ちゃんとわかってる人たちばかりに見える」

市果はメロンソーダに口を付けた。

ネットカフェではアイスティばかりなのに、ファミレスに来るとなぜかメロンソーダが飲みたくなる。どぎつい緑いろの、メロンの風味すらしない強炭酸。

「……施設で、付けてもらった」

男が低く言う。

「苗字も、名前もだ。施設の先生が、付けてくれた」

「ふうん」市果はうなずいた。

「下の名前は、なんていうの？」

「セイ」

さらりと彼は言った。

「誓約書の誓の字を書いて、セイだ。山村誓《やまむらせい》」

「セイね」

市果は繰りかえした。

「じゃあ、〝彼女〟のほうの名前は？」

その問いに一瞬、セイはきょとんとした。無垢と言っていいほどの眼で、市果を見かえした。

しかしすぐ意味はわかったようで、

「ああ、あれか。……あれに、名前はない」と言った。

「ないの？　不便だね」

「べつに。誰も呼んだりしないだろ」

「そっか」

市果は納得した。

こんなにも、〝男〟のほうと――セイと、会話がつづくのははじめてだった。意思の疎通ができている、と感じた。

すぐ隣のテーブルに、料理が運ばれてきた。

隣は女性の二人連れ客だった。一人は和風きのこスパゲティ、一人は温玉カレードリアだ。「ドリアおいしそう。ひと口ちょうだい」「いいよー。そっちのもね」とさっそく盛りあがっている。

「……わたしが、付けちゃ駄目？」

気づいたときは、そう口にしていた。

「名前、何度か付けたことあるの。はーちんのも、わたしが付けたんだよ」

「はーちんて誰だ」

セイが抑揚なく問う。

「施設でできた友達」

市果は答えた。

「ほんとの名前が、ええと、キラキラネームっていうか……ゴテゴテネーム？　とにかく変わっててね。嫌いだって言うから、わたしが新しいのを付けてあげたの。平凡で、目立たなくて、誰にも笑われないような名前を」

はーちん。徳山環依羽ちゃん。

学校でもいじめられていた彼女に、市果は新たな名前を付けた。〝ハル〟だ。むろん、二人の間でしか通用しない名である。それでも彼女は、「気に入った。好き」と言ってくれた。

――裁判までして、はーちんは、どんな名に改名したんだろう。

グラスに反射する照明に、市果は目を細めた。

ＬＩＮＥのメッセージには、「うちはいまこの瞬間から、はーちんではなくなります」と打たれていた。

だからたぶん、ハルでもハルカでもハルナでもない名になったはずだ。それが、寂しかった。親が付けた名は捨て去っていい。でも〝ハル〟の二文字は、どこかに残しておいてほしかった。

テーブルのすぐ横に、影が差した。ウエイトレスだ。

「お待たせいたしました。ボロネーゼのお客さまは……」

4

ネットカフェまでは、電車で一駅だった。

いつ来てもおそろしく混みあう駅だ。通路が長い。おびただしい人がいて、洋服、傘、バッグと、おびただしい色彩が溢れている。なのに全体像は灰いろにくすんで、つねに無機質だった。

――あ、いる。

市果はすぐに気づいた。向かいから来る男、例のあれだ。

SNSで騒がれてから〝ぶつかり男〟なるキャッチーな呼び名が付いて広まったけれど、市果の知る限り、かなり昔から存在した。

女性、しかも若くておとなしそうな女性ばかり狙ってぶつかる男。ひどいのになると肘で胸を思いきり突いたり、ショルダータックル並みの勢いで転ばせるやつもいる。たいてい地味な風体で、顔を鬱屈で引き攣らせている。

「きゃっ」

数メートル先で悲鳴が湧いた。〝ぶつかり男〟にやられたのだ。

ペイルブルーのワンピースを着た、華奢《きゃしゃ》な女性だった。よろけた拍子に傷めたのか、片足を引きずって壁ぎわへ寄っていく。あたりに助けを求める様子はない。彼女に声をかけたり、目を向ける者もない。

——ああ、来るな。

市果は覚悟した。ななめ前を行くセィは気づいていない。〟ぶつかり男〟の視界にもセィは入っていない。

男は市果を見ていないふうを装い、しかし着実に近づいてくる。すぐ体をかわせるよう、市果は身がまえた。

すれ違う寸前、〟ぶつかり男〟がふっと進路を変えた。

市果は右に避《よ》けた。男の肩が空を切る。耳もとで舌打ちが聞こえた。

かわした、とほっとしたのもつかの間だった。男が肘を突きだした。肘の尖った部分は、正確に市果の二の腕をえぐった。市果は「ぐっ」と呻き、よろめいた。その場でたたらを踏む。

視界の隅で、男が口の端を持ちあげたのが見えた。ざまあみろ、と言いたげな笑みだった。歪んだ、どす黒い快哉《かいさい》であった。

セィは気づかない。どんどん歩いていく。背中が遠くなる。

市果はさっきの女性と同じく、壁ぎわに寄った。あのまま立ちどまっていたら、歩行者の邪魔になる。〟ぶつかり男〟以外にまで舌打ちされたくなかった。

鼓膜の奥で、過去に聞いた声がよみがえる。

——〟ぶつかり男〟なんて、おれ見たことないよ。

センター長の声だった。

――どうせ大げさに言ってるだけでしょ？

――女の人ってそういうとこあるじゃん。悲劇のヒロインになりたがる、っていうかさあ。

その声が、さらに遠い記憶をも呼び覚ます。

市果は十二、三歳だった。すでに母と死に別れ、養護施設で暮らしていた。なぜ自分が駅にいたのかは覚えていない。ただ光景だけが、記憶の中で鮮明だった。

車椅子の若い女性だった。その椅子を、中年男性が押していた。

女性は首を振り、「ああー！　ああー！」と叫んでいた。「助けて」と言っているように聞こえた。だが病気か事故のせいなのか、発声も言葉も不明瞭だった。

なにごとかと目を向ける人びとに、中年男性は苦笑顔で頭を下げてみせた。いつものことなんです、お騒がせしてすみません、と言いたげに。

その顔を見て、通行人たちは「なんだ」という顔で歩き去る。しかし市果だけは、ぼうと突っ立って彼らを見ていた。

そんな市果に男性が気づいた。彼は一瞬、ものすごい顔で市果を睨んだ。そして車椅子を押し、足早に消えていった。多目的トイレがある方向だった。

数日後、市果はいやな話を聞いた。「かわいそうな女性が、駅のトイレでひどい目に遭った」という噂だ。

また駅構内の掲示板には、

「車椅子のお客さまおよび、視覚障害者のお客さまを狙う事件が多発しております。目撃された方は、鉄道警察隊までご一報ください」

という貼り紙がされた。

——あの女性の目に浮かんだ絶望が、忘れられない。

彼女はあのあと、あの男になにをされたのだろう。どれほどの地獄を見たのだろう。発声こそ不明瞭だが、彼女の頭ははっきりしていたはずだ。衆人環視の中、連れ去られるのはどんな気分だったろう。

——どうせ大げさに言ってるだけでしょ？

——女の人ってそういうとこあるじゃん。悲劇のヒロインになりたがる、っていうかさあ。

そうだ、あのときだ。市果は胸のうちでつぶやく。

わたしがセンター長を大嫌いになったのは、あの瞬間だ。

いけすかない男だとは最初から思っていた。でもあのとき、はっきりと嫌いになった。嫌悪すら覚えた。

センター長の遺体はまだ見つかっていないようだ。だが生きてはいまい。セイははっきり「〝彼女〟が殺した」と言った。

すこしも悲しくなかった。

センター長が殺されても、イセさんとカシワがとばっちりを食ったことを知っても、憐憫《れんびん》ひとつこみあげない。あんな男、大嫌いだ。あんな男に股をひらいたイセさんもカシワも気持ち悪い。ぞっとする。自業自得だ。

市果が唇をきつく噛んだとき、

「どうしたの」

頭上から、かすれた声が降ってきた。

顔を上げる。セイが見下ろしていた。確かに男性の顔である。しかし声と口調は、〝女〟のものだった。

「お腹痛いの？　でも、食べすぎってほど食べてないよね？」

市果は彼女に手を伸ばした。

「起こして」

無心な声が出た。

「引っぱって、起こして」

「なあにそれ」

〝女〟が笑った。笑いながら、市果に向かって手を差しのべる。

「子どもみたいね」


出入り自由なネットカフェだった。

入店時の会員証は、〝女〟が数年前にすり取った身分証明書で作ったものだ。とくに問題を起こさない限り、照会などしないらしい。系列店でしか使えないのが不便だが、さいわい最大手の全国チェーンだった。

一番安値な一、二人用のフラットシート室に戻り、靴を脱ぐ。荷物を下ろし、コートを脱いでくつろぐ。

市果はパソコンを立ちあげ、イセさんとカシワ殺しの続報を追った。

警察はまだ、センター長を追っているらしい。

彼の奥さんはどうしているだろう。ぼんやり思った。自分の夫が不倫野郎で人殺しだと、いきなり全国に報道されたのだ。まだ幼い子どもを二人も抱えて、彼女はどんなにか心ぼそいだろう。

——センター長はどうでもいい。けど、奥さんはかわいそう。

混じりけない、純粋な同情を覚えた。

ニュースをさらに漁っていくと、市果に触れた記事が出てきた。『同僚女性I』だそうだ。センター長とともに失踪、と報じる記事さえあった。だが警察が共犯と睨んでいるか否かは、いまひとつはっきりしなかった。

「もういいか?」

セイが問う。

「ごめん。もうちょっと」

市果は答えた。ニュースを漁るのはやめ、美雨のSNSを確認する。

姉は元気そうだった。お酒は飲んでいないらしく、スイーツや本や映画の投稿ばかりだ。直近の記事は、読み終えた文庫本の画像に感想を添えたものだった。

市果の失踪については、一言も触れていなかった。

交代でシャワーを終え、市果と〝女〟は夜の街に繰りだした。

〝女〟は厚ぼったいウールコートから、キャメルのトレンチコートに替えていた。

ラグランスリーブなので、女性より広めの肩幅も目立たない。喉ぼとけはリネンのスカーフで覆った。

センター長から奪った二百万は、まだ手付かずである。だが豪遊することも、ちょっといいホテルに泊まることもなかった。せいぜい外食が増えたくらいだ。

繁華街の景色は、日中とはがらりと装いを変えていた。

昼は繁華街だったが、いまは歓楽街である。

ホストらしきスーツ姿の男が、女性たちに声をかけている。客引きが、男性数人としきりに交渉している。

地べたに座りこむ若者たち。酔っぱらいが吐く、熟柿くさい息。派手派手しく下品なネオンサイン。かん高い声。着信音。柱の陰の嘔吐物。

「あ」

市果は思わず声を洩らした。

「どうしたの」女が問う。

「……昼間、見た人がいる」

答えながらも、市果はその男から目を離さなかった。

駅の〝ぶつかり男〟だ。

見るからに酔っていた。いや、泥酔の域だ。まだ十時にもならないというのに、顔を真っ赤にしている。

男は道行く女性にからんでいた。本人はナンパのつもりらしい。女性の腕を摑んで「いいじゃん、いいじゃん」「行こうや」と繰りかえしている。顔いっぱいに、下卑た笑いが張りついている。

「やめてよ！」

女性が腕を振りはらった。男の体がかしぐ。その隙に女性が走り去る。

男は後ろへ数歩よろめき、結局は倒れた。尻からではなく頭からだ。後頭部を押さえ、しばし呻く。

やがて首をもたげ、雑踏に向かって叫んだ。

「っだよ！　声かけてやったのに、ブス！」

よろよろと男は立ちあがった。しかし足どりはおぼつかず、手でしきりに頭を擦っていた。一部始終を見届け、市果は言った。

「あいつ、頭打ったよ」

〝女〟に向けた言葉だ。なんの感情もない声が出た。

「『弱ってるやつを狙うほうが、効率いい』んでしょ？　さっきナンパしてたし、ホテル代くらい持ってるかもよ」

5

ぶつかり男はその後、居酒屋に入った。市果と女も彼を追って入店した。

男は焼酎を注文したが、頭と首が痛いのか、何度も顔をしかめていた。そしてコップの半分も飲まぬうち退店した。市果たちも、追って店を出た。

市果はぶつかり男に、内心で〝キネ〟と渾名を付けた。母の彼氏だったキネなんとかいう男に、横顔がすこし似ていたからだ。

キネはナンパも酒も諦めたか、巡回バスに乗った。その頃には、さらに足どりがふらついていた。保育園前の停留所でキネは降りた。ふらふらと歩いていく彼を、市果は女と尾けた。キネは振りかえる様子もない。その蛇行するような歩きぶりに、

――ほっといても、死ぬんじゃないかな。

市果は思った。

あの様子なら、朝には冷たくなっていてもおかしくない。頭をぶつけたとき、脳に血腫でもできたのかもしれない。

でも横を行く女なら、きっとこう言うだろう。

「ほっといても死ぬほど弱ってるなら、よけい襲わなきゃ。財布の中身が死に金になる前に、もらっとこう」と。

保育園の敷地は、桜の木にふちどられていた。

怖いほどきれいな夜桜だった。ほの紅《あか》い花霞が、濃紺の夜闇を圧倒している。支配している、と言ってもいいくらいだ。

人気《ひとけ》のない暗い道を、キネが歩いていく。夜風が花びらを巻きあげる。散った花弁がアスファルトの端に、敷きつめたようにびっしり貼りつく。

女がコートのポケットを探った。取りだしたのは、例のビニール手袋だった。市果にも一組手渡してくる。

迷わず、市果は手袋を着けた。

自分でも不思議なほど冷静だった。これからやるべきことが、完全に理解できた。視界がやけにク

リアだ。頭の芯が冷たい。

そのときだった。数メートル先を行くキネが、がくりと地面に膝を突いた。

女が走った。

市果もそのあとを追った。

女がキネを捕まえる。体軀に似合わぬ力で、保育園の駐車場へ引きずりこむ。キネは人形のように力なく、ブロック塀の陰へ体ごと消えた。

市果は駐車場へ駆けこんだ。

真っ先に目に入ったのは、キネにのしかかる女の背中だった。

恐怖は感じなかった。ためらいなく市果はキネの頭側にまわりこみ、その両肩を押さえた。

女は上腕でキネの喉を圧迫していた。絞め殺す気だ、と市果は悟った。

最初はすぐに終わるかに思えた。しかしキネは、意外に頑丈だった。弱々しい抵抗ながら、何度も女を手で突きのけようとした。

抵抗は長くつづいた。

女は冷静だった。市果のほうが、焦《じ》れた。

市果は己の左手から、むしるように手袋を剝がした。キネの口に突っこむ。そして手袋を着けた利き手で、ビニールの塊を喉の奥に押しこんだ。

咄嗟に女が意図を悟り、キネの顎を押さえなかったら、市果は手を嚙まれていたはずだ。しかし間一髪で、うまく連携が取れた。

女はキネに馬乗りになったまま、彼の頭と顎を押さえた。市果は彼の喉に、さらに深くビニール手袋を押しこめた。

花びら混じりの風が、彼らに降りそそぐ。

女が右手をずらし、キネの鼻孔をふさいだ。その手が素手だったら、キネにもまだ救いはあっただろう。しかし女の手はビニール手袋で覆われていた。ぴっちりと隙間なく、キネの鼻を覆った。

キネの喉が「ぐぶっ……ぐっ……」と鳴りはじめた。

ばね仕掛けのように膝が痙攣した。腕が跳ね、五本の指が、鉤爪のように曲がった。断末魔のもがきだった。

「ぐぅう……ぐぶ、ぐ、ぐ――、ぅぐ、ぶぐ……」

命の音だ。市果は思った。いましも消えようとしている命が、たてる音だ。

力強い、と感じた。死に瀕したからこその力を感じた。だがそれもやがて鎮まり、猫がごろごろいうような音に変わっていった。

キネの眼球が膨れあがっているのを、市果は見た。いまにも眼窩《がんか》から飛びだし、転げ落ちそうだ。真っ赤に血走っていた。

だが転げ落ちることはなかった。

その前に終わった。

キネの胸が最後に大きく上下し――それで、おしまいだった。

もうキネは、ぴくりとも動かなかった。見ひらいたままの眼はどろりと濁り、なにも映してはいなかった。

市果は彼の頸に指を当てた。脈はなかった。

三十数えたが、やはり脈が戻ることはなかった。

女が、キネの口に手を差し入れた。喉奥に詰まったビニール手袋をつまみ、引きずりだす。その一瞬、市果は目をそむけた。死体よりも、なぜか唾液に濡れた手袋のほうが厭わしかった。

「……死んだ、の?」

呆けた声で、市果は尋ねた。

「死んだよ」

女が答える。

「完全に、死んでる」

ぞくり、と、市果の背を波が駆けのぼった。

なんとも表現しがたい波だった。

それは恐怖だった。同時に快感だった。嫌悪であり、歓喜であり、同時に安堵だった。奇妙な解放感の一方で、畏怖にも囚われた。あらゆる感情が一気に市果を襲った。だが不思議と、罪悪感だけは覚えなかった。

馬乗りのまま、女がキネの懐を探る。

所持金は二万七千円だった。二万四千円を抜き、財布を内ポケットに戻す。

——けっこう持ってたな。

市果は思った。

電子マネーがいくら流通しようと、災害大国の日本ではやはり現金主義が根強い。それに女が以前言ったように、現金払いのみの業種もまだまだ多い。

キネの喉から引きだしたビニール手袋を、女はコンビニ袋に入れた。ちいさくまるめて、コートの左ポケットにしまう。

「こういうのは、すぐ捨てちゃ駄目」

諭すように女が言った。

「いやでも、しばらくは持ってないと」

ほとぼりが冷めた頃、ちいさくちぎって公衆トイレにすこしずつ流すのだという。もちろん詰まらない程度にだ。ネットカフェやホテルではなく、不特定多数が使う駅や公園やスーパーのトイレがいいらしい。

市果は、頭上を仰いだ。

桜が咲いている。さっきまで薄紅《うすべに》に見えた花弁が、いまは真っ白だった。寒ざむしいほどの白が、風にのって降ってくる。

「人って」

「ん?」

「簡単に、死ぬね」

「なにそれ」

女が笑う。コーラルオレンジを塗った唇が、半月を描く。

「いまさら? まさか知らなかったの?」

「ううん」市果は首を振った。

「知ってた」

その刹那、ようやく市果は腑に落ちていた。

この女は、金のために殺すのではない。殺しながら生きていくために——この生き方をつづけるために、金という便利な道具を必要とするだけなのだ、と。

駐車場を夜風が吹きぬける。

ほろほろと、夢のように桜が散った。

6

千葉県警が公開した関賢太郎の防犯カメラ映像に、真っ先に反応したのは番場茂隆だった。

——あの女だ。

彼の目は、関に数歩遅れて銀行に入る女に吸い寄せられた。

厚ぼったいロングコート。独特の姿勢と歩きかた。間違いなく、コンビニのＡＴＭ付近で江藤笑里をうかがっていた、あの中年女であった。

くだんの防カメ映像を、番場はまずテレビで観た。次に、ネットのニュース動画で確認した。何度も何度も繰りかえし観た。

——なぜ、誰も気づかない？

この女、あきらかに関賢太郎を尾行してるじゃないか。

それだけではない。行内の防カメの位置を把握した上で、額を触るふりをして手で顔を隠す。必ず、さりげなく関から距離を取る。しかし遠ざかるときも、意識はターゲットからそらさない。

――場慣れしている。こいつ、素人じゃない。

だが番場は迷った。自分が首を突っこんでいいものかどうか、と逡巡した。

彼はいま刑事課の人間ではない。畑違いの生安課員がよけいな口出しをしても、煙たがられるだけだ。今後の立場にもかかわるだろう。

さんざん迷った末――番場は、スマートフォンに手を伸ばした。

呼びだした番号は、刑事課捜査第一係長、二階堂のものであった。


「すまんな、忙しいのに」

「いや」

暖簾《のれん》をくぐって『吉祥庵』に現れた二階堂は、言葉すくなだった。

「例の防カメ映像、観てくれたか」

「ああ」

うなずいてから、二階堂は店員に冷酒の追加を頼んだ。肴は女将《おかみ》の見立てで、旬の蛍烏賊《ほたるいか》、鰹《かつお》などが並んだ。

「おまえの言うとおりだ。……あの女だな」

二階堂はそう断言した。

「おれから岬課長には伝えた。だが、それ以上のことはしてやれん。おれは田舎署の係長でしかないからな。今後どうなるかは、さっぱりわからん」

「わかってる。ありがとう」

番場は盃を上げ、礼を言った。

とはいえ二階堂の進言がもし通ったとしても、江藤笑里殺しの捜本は『被疑者死亡』で解散済みだ。書類仕事こそまだ残っているが、再捜査になる見込みは薄い。検察が出す再捜査要請は、例年わずか五パーセントほどだ。

「仁木でなくて、あの女、か……。あり得ると思うか？」

二階堂の問いに、

「わからない」

番場は首を振った。

そう、真犯人があの女かはわからない。だがほうってはおけない。それだけははっきりしていた。あの女は、普通ではない。

「まあ個人的には、やりたかぁねえがな」

二階堂がため息をつく。意味はすぐにわかった。

もし番場の懸念どおりなら、警察庁広域重要指定事件だの、他県警との合同捜査だのの展開が待っている。とくに合同捜査が難物だ。手ばなしに歓迎できる捜査員は、けっして多くあるまい。

ただでさえ警察は縄張り意識が強い。警視庁と神奈川県警の不仲は有名だが、そもそも隣県同士で仲のいい警察組織など、まず存在しない。

——だから、県境をまたぐ事件はどうしてもやりづらい。

有名な広域重要指定事件の殺人犯といえば、宮﨑勤、勝田清孝、西口彰などが挙げられる。

だが宮﨑勤も勝田清孝も、じつは逮捕したのは警察官ではない。素人の手によって、彼らは現行犯逮捕されたのだ。

また弁護士を装う西口彰の正体を見破ったのは、大人ですらなかった。わずか十歳の少女だった。当時の警察庁長官は、

「警察十二万人の目は、一人の少女の目にかなわなかった」

との有名なコメントを残している。

——捜査のプロでも、いや、プロだからこそ生じる穴がある。

捜査員は基本、マニュアルにそって動く。殺人事件が発生すれば、まず配偶者を、家族を、恋人を疑う。

事実、日本は家族間の殺人が多い。統計によれば、全殺人事件の約五十五パーセントが親族間で起こっている。

動機で多いものは憤懣《ふんまん》、怨恨。次いで金銭関係。その下に痴情のもつれがくる。暴力団がらみの殺人を除けば、ほぼこの三つに大別できると言っていい。これ以外は激情にかられた突発的な殺しが主で、大半は現行犯逮捕される。

——逆に言えば、関係者以外による殺人は、捕まりづらい。

昨今は科学捜査やプロファイリングが発達し、いわゆる連続殺人事件でも犯人像を割りだしやすくなってきた。だがそれも、あくまで秩序型殺人犯に限られる。

——手口が一定せず、被害者は無差別で、県をまたぐ犯行。

となれば、そもそも警察側が同一犯と気づきにくい。

前述の勝田清孝が典型的だ。

勝田は約十年にわたって、京都、大阪、愛知、兵庫、滋賀を股にかけて犯行を重ねた。強盗殺人七件、殺人一件、強盗殺人未遂一件、強盗致傷三件、強盗二件、同未遂一件、窃盗十件等々、計三十三件にのぼる。

しかし警察は、銃をもちいた強盗のみが同一犯と睨んでいた。これらすべてが一人の男による犯行とは、夢にも思っていなかった。女性殺しにいたっては、逮捕後に勝田本人の自供で犯人が判明したのである。

——もしあの女が、もしくは女の相棒が、勝田並みの凶悪犯だとしたら？

実際、笑里殺しと千葉の事件は、同じ手口とは言いがたい。

いくつかの相似点はあれど、基本的に凶器や殺しかたは異なる。被害者たちに共通点もない。本来ならば、関連づけて考えづらい事件であった。

——だとしたら、余罪についても考えなきゃならん。

番場は眉間を揉んだ。

「ま、あとは上が決めることだしな……」

おれたちが悩んでも無駄だ。二階堂は低くそう言い、盃を舐めた。

埼玉県警が、千葉県警刑事部総務課の捜査共助係に連絡を取った——。そう番場が知ったのは、数日後のことであった。

7

「なにか食べたいものある?」

女が、起き抜けにそう問うてきた。

ネットカフェの無料トーストに飽きたな、と市果は察した。

フラットシートタイプの部屋は二人で並んで寝るのにぎりぎりで、ろくに足も伸ばせない。寝がえりも打てない。

しかしとくに不満はなかった。狭いところで雑魚寝するのは、むしろ懐かしかった。ホテルの広くてふかふかのベッドより落ちつけるくらいだ。

「甘いのって、平気なんだっけ?」

靴下を履きながら、市果は逆に問いかえした。このネットカフェは店内にコインランドリーがあり、三十分百円で乾燥機も使える。

「甘いもの? 好きだよ」

「じゃあ、ヌン茶」

考えるより先に言葉が出た。

「おしゃれなお店で、ヌン茶したい」

てっきり「なにそれ」と鼻で笑われると思った。しかし女は肩をすくめ、

「いいけどさ。予約はあんたがやってよ?」

とパソコンを顎で指した。

市果が選んでネット予約したのは、ホテルのロビーラウンジで楽しめる態《てい》のアフタヌーンティーであった。

予約は拍子抜けするほど簡単だった。一人五千八百円。シャンパンなどのアルコールは別料金だが、紅茶なら料金込みだそうだ。

鳥籠のように繊細なケーキスタンドだった。

上段にはいちごのムースにタルト、プティフール、トライフル。マカロンは春らしく桜と抹茶である。

中段には紅茶のスコーン、各種ジャムやクロテッドクリーム、果物のグラタン。下段はきのこのキッシュ、きゅうりと海老のサンドイッチ、生ハムとフルーツソースのミニピザが並んだ。

「……と、思ってた」

小声でつぶやいた市果を、

「ん?」と女が聞きとがめる。

「こういうヌン茶とかヌン活とか、『興味ない』って言うと思ってた」

市果の返答に、女は呆れ顔をした。

「あんたねぇ。あたしのことなんだと思ってんの?」

その口調に、市果は思わず笑ってしまった。

——確かにそうだ。なんだと思ってたんだろう。

ネットカフェの連泊が平気だろうと、雑魚寝が板についていようと、人殺しだろうと、人間だ。たまにはおいしくておしゃれな店で癒されたいに決まっている。

——だってこの人、わたしと同性なんだから。

もちろん女性が全員、スイーツやカフェを好むわけではない。牛丼とラーメンが好きな女もいれば、クレープやアイスが好きな男もいる。甘くてきれいなものに癒されるのに、性別は関係ない。

でも市果自身「いつか行ってみたい」と思っていた。ならば〝彼女〟が同じ思いを抱いたって、すこしも不思議じゃない。

「このスコーン、おいしいね」

「うん」

「クロテッドクリームって、こんな味なんだ。……前に同僚に話題振られたけど、知らないから付いてけなくてさ。困っちゃった」

「そんなの、適当に知ったかぶっときゃいいじゃん」

「だよね。適当に流した」

ロビーラウンジの窓の外は、満開の花景色だった。今年は晴天つづきのおかげで、桜の寿命が長いようだ。

本来、青とピンクなんて合う色じゃないのに、と市果はいぶかしむ。どうして青空と桜なら、しっくりくるんだろう。雲ひとつないスカイブルーと淡いピンクが、なぜこんなにも調和が取れて美しく映るんだろう。

「そろそろ、大きく移動するよ」

サンドイッチをつまんで、女が言った。

「え……」

市果はカップを下ろした。

このところ市果たちは、茨城のネットカフェを拠点にしていた。県境を十数キロ越えたところから、千葉での捜査の様子をじりじりとうかがっていた。

——そうか。その段階は過ぎたんだ。動くのか。

「どこへ行こうかな」女が言う。

「北がいい」

市果は即答した。

「北？　なんで？」

「なんでって——、だって、関東の桜はいまが満開でしょ。ひと雨きたら散っちゃうじゃない。まだ見足りないよ。桜を追って、北上したい」

女は答えなかった。かじりかけのサンドイッチをつまんだまま、視線をぼうっと窓の外に向けている。

「ねえ」

追いすがるように、市果は言った。

「ねえ。なんて呼んだらいい？」

女が目を戻し、物憂げに市果を見やる。「呼ぶ？　なにを？」

「あなたの名前」

「呼ぶ必要、ある？」

「あるよ。あるに決まってる」

市果は言い張った。

むきになりすぎたせいか、女が噴きだす。うつむき、喉を鳴らしてくっくっと笑う。

「……あんた、やっぱ頭おかしいわ」

それを無視して、市果はつづけた。

「〝あっち〟の人は、誓約書の誓と書いてセイなんでしょ？　誓はチカイとも読むよね。でもチカイだと、イチカのアナグラムみたいだから」

息継ぎをし、言葉を押しだす。

「イノリ、はどう？」

ガラスの向こうで、桜があえかに散っている。

「イチカとチカイ。誓いと祈り。ね、そうすると対っぽくない？　イニシャルも、イチカのイと揃ってるしさ。漢字にするなら祈りの里、とかどう？」

「はは」

乾いた声で、女は笑った。

「好きにすれば」


その日のうちに、市果とイノリはネットカフェを引きはらった。そして電車にしばらく揺られ、県境を越えて栃木県に入った。

栃木の桜は、まだまだきれいだった。

第四章

1

ビジネスホテルの硬いカーテンを開けると、窓のすぐ外に蜘蛛の巣が張られていた。すばらしく精巧な網の目だ。そのひとつひとつに朝露がかかり、輝いている。シャンデリアみたいだ、と市果は思った。

子どもの頃、宮殿にあるようなシャンデリアに憧れた。

アパートの蛍光灯は煤《すす》ぼけて、薄暗くて、貧乏たらしかった。いやでいやでたまらなかった。だからいつも、空想した。自分はほんとうはよその子で、これは全部嘘の暮らしだ。いつかはシャンデリアがあるおうちに住むのだと。

けれど、どこへ行っても同じだった。

母の彼氏のアパートでも、施設でも、見上げた先にシャンデリアなんかなかった。光焼けで縁が黒ずんだ、安っぽい蛍光灯ばかりだった。

「……子どもを殺したこと、ある?」

背中越しに市果は尋ねた。

「ないよ」

ベッドに腰かけ、リモコンで次つぎチャンネルを変えながらイノリが答える。

「ガキなんて、小銭くらいしか持ってないじゃん」

イノリはすでに着替え、ストッキングも穿き、化粧も済ませた完全体だ。対照的に市果は、まだホテルの浴衣姿である。

「ねえ、逃げないって約束するから」

体ごと市果は振りかえった。

「誰を殺すかは、わたしに選ばせて」

「なにそれ」

イノリがリモコンを下ろした。

「あんた、世なおしでもする気？　悪人退治ってやつ？」

だが言葉に反し、市果に向けた瞳は笑っていた。滑稽なものを見る目。芸をする猿を見る目だ。

「まさか」

撥《は》ねかえすように、市果は言った。

「世界なんて、わたしになおせるようなものじゃない。そんなこと考えてない」

「じゃあなに？　いい人は殺すなって？　だったらそのいい悪いは、どうやって決めるの。あんたの物差しひとつ？　そんなご立派な物差し、いつ持ったの。あんた何さま？　神さま気取りなの？　それとも裁判官かな？」

イノリがひと息にまくしたてる。

だがやはり、責める口調ではなかった。面白がっていた。

「あたしみたいに金のあるなしで標的を決めるほうが、よっぽど合理的で罪がないよ。そうでしょ？」

その問いには答えず、市果はテレビに目をやった。

ほんの一県二県またいだだけなのに、映る番組は大きく違う。近ごろ見なくなったタレントが出ていて、逆に新鮮だった。

「もちろん、わたしの物差しなんてたいしたものじゃないよ」

市果は認めた。

「わたしがいやなやつだと思っても、友達にとっては面白くていいやつだろうしね。子どもにとっては大好きなパパで、親にとってはかわいい息子かもしれない。会社のかけがえない戦力で、よき消費者で、高額納税者かもしれない」

テレビのそらぞらしい音が、室内に響く。

「それでもわたしは、どうせ殺すならいやなやつのほうを殺したい。もちろん、わたしの主観でね。イノリはいままでどおり、金を持ってそうで、弱っていて殺しやすいやつを選べばいい。わたしは、わたしにとっていやなやつを選ぶ。お金を手に入れると同時に、糞野郎をわたしの世界から排除する。そしてその夜、ねぐらに戻って、気分よくぐっすり眠るの」

べつに、主観でいいじゃない――。

市果は微笑んだ。

「ものごとを見る目なんて、どうせ全部主観だもの。自分の都合で人殺しをしてるわたしたちが、主観を笑うのも変な話だと思う」

卓上で、電気ポットが沸いた。

市果は戸棚からふたつカップを出し、アメニティのティーバッグを入れて湯を注いだ。ダージリンの芳香が漂う。余ったアメニティは、ボストンバッグに押しこんだ。

「……言っとくけど」

紅茶のカップを受けとり、イノリが言う。

「最終的に決めるのは、あたしだからね。あたしが『あいつは駄目』って言ったら駄目。そいつはスルー。わかった？」

「わかった」

市果はうなずいた。

わかっていた。こんな進言をイノリがすんなり呑むのは、二百万という余禄《よろく》がそっくり残っているからだ。

あの金が、心に余裕を生んでいる。もし札束がなければ、イノリは市果の意見など洟《はな》もひっかけないだろう。

——でも、すこしずつ変わりつつある。

キネ殺し以来、いつの間にか共犯関係が成立している。

イノリは最近、シャワーに行くときや眠るときに市果を縛らない。奇妙な絆と、信頼が生まれつつある。

「着替えてくるね」

市果はバッグを抱え、浴室に向かった。

2

その頃、千葉では関賢太郎の死体が見つかっていた。

発見場所は県北西部の山中で、通報者は一般登山客である。

「人間の足のようなものが見えます。登山コースのはるか下で、降りて確かめるのは無理なので、警察か消防のほうでお願いします」

捜索隊が遺体を回収したのは、約一時間後であった。

関の遺体は一部が腐乱し、一部が屍蠟《しろうか》化していた。だが沢の近くで涼しかったためか、遺体は比較的良好な状態に保たれていた。

検視官は一目見て、

「自殺にしては不審な点が多い」

と断言した。

「死因は十中八九、頸部の切創による失血死。その切創の周囲に二、三のためらい傷あり。ここまではいいが、致命傷からためらい傷が離れすぎている。掌にも防御創らしき傷が見られる。また頸部の切創で、刃の向きがおかしい。関は右利きのはずだが、右手にナイフを持って自分の首を切りつけた場合、この向きにはならない。解剖してみないとはっきりしたことは言えないが、他殺の疑いがある」

凶器らしきナイフは、沢の下流で発見された。

長らく水没していたためＤＮＡ検出は不可能だった。しかし刃渡りと幅からして、凶器に間違いないと思われた。

警察と消防はさらに半径五キロ圏内を捜索した。

だが同じく失踪したはずの飯島市果は、どこにも見あたらなかった。また関賢太郎の遺体周辺にも、彼女の痕跡はゼロであった。

「調べれば調べるほど、彼女は巻きこまれた第三者としか思えない」

千葉県警の警部はそう洩らした。

「もし関が他殺だとしたら、飯島さんは不運な目撃者といったところか。残念だが、生存率はごく低いだろう」

また該当の警部は捜査共助係を経て、埼玉県警からの連絡を受けてもいた。

「公開された関の防カメ画像に映りこんでいた女を、本県古笛警察署でも確認した」

という連絡だった。彼はその一報を、さらに上へ報告した。

この警部の報告を目に留めたのが、警察庁の幹部——刑事局長である。

階級は警視監で五十一歳。もちろんキャリアだ。

彼は三世警察官、つまり祖父の代からの生粋の警察官であった。

亡き祖父はあの『グリコ・森永事件』で辛酸をなめた、滋賀県警の元幹部である。事件後、祖父は退職。一家は関東に引っ越し、そこで新たな生活基盤を築いた。

——あの事件さえなければ。

おじいちゃん子だった刑事局長は、そう繰りかえし聞かされて育った。

一九八四年に起こった『グリコ・森永事件』は、警察庁広域重要指定事件初の未解決事件である。いわゆる劇場型犯罪の走りであり、犯行は派手派手しいが、それだけに杜撰《ずさん》なところも多かった。にもかかわらず、なぜ未解決に終わったか——。

理由は「府県警間で、うまく連携が取れなかった」の一語に尽きる。

事件の端緒である『江崎グリコ社長誘拐事件』は、兵庫県で発生した。しかし社長の監禁場所や、身代金受け渡しに指定された場所の多くは大阪府だった。

大阪府警と兵庫県警は、手柄争いと縄張り争いに終始した。当然、ろくに情報を共有できなかった。またマスコミに捜査計画が洩れる等の失策も相次いだ。

犯人が身代金受け渡しの指定地域を広げたことで、さらに巻きこまれたのが滋賀県警だ。

しかも滋賀県警では、ごく一部の捜査員しか捜査内容を知らされなかった。情報共有が不十分だった結果、滋賀県警は犯人を取り逃がしてしまう。各府県警が全面的に協力し合えていれば起こらなかった、痛恨のミスである。

このときマスコミのバッシングを一身に受けたのは、滋賀県警だった。事態は県警本部長の焼身自殺という最悪の結末を迎えた。

——二の舞は、できん。

現刑事局長は、千葉県警へ秘密裡に連絡した。

「まだ様子見の段階だ。しかしいつでも動けるようにしておけ。いいか、マスコミには絶対になにも洩らすなよ」

まだ広域重要指定にはしない。だが注視している。まずは埼玉県警との共同捜査を視野に入れておけ——との指示であった。

ちなみに〝合同捜査〟とは、指揮系統を一元化し、各県警が垣根を越えて一体となって捜査する形態を指す。一方の〝共同捜査〟は、基本的にはそれぞれの県警がそれぞれに捜査し、共同捜査会議で情報および方針を共有する。

刑事局長は念押しした。

「どう転ぶかわからん。だが、準備はしておくんだ」と。

同じ指示が、埼玉県警および、番場のいる古笛署にも下達《かたつ》された。いざとなれば江藤笑里殺しの捜査メンバーが再集結できるよう、ひそかに連絡がまわった。

マスコミを避けての、静かな水面下の動きであった。

3

イノリがうなされていた。

ビジネスホテルのツインベッドではなく、ひとつのベッド——ラブホテルのクイーンサイズベッドで、市果とイノリは眠っていた。

うなされる声でまず市果が目覚めた。

次いでイノリが「ひっ」と悲鳴を上げ、はね起きる。顔じゅう、脂汗でびっしょりだった。

化粧は落とし、ウィッグもかぶっていない。しかし市果に向けた瞳が、イノリのものだった。セイではなかった。

「どうしたの」

市果の問いに、「夢、見た……」唸るようにイノリは答えた。

「怖い夢？」

「それも、そうだけど」

イノリは手の甲で額を拭い、

「あたしが夢を見るなんて、いままでなかった。夢を見るのは、いつだってセイのほうだったもん。まさかあたしが夢を見て、うなされるなんて……」

と声を落とした。

その声音にも表情にも、はっきりと驚愕が浮いていた。

「どんな夢だったの？」

「どんなって……」

イノリの喉がごくりと上下する。

「……夢の中で、あたしはセイだった。セイの視点だった。でも、意識はあたしなの。セイになったあたしは、ラリったセイの母親に、風呂に沈められてた。髪を摑まれて、何度も、何度も、水に顔を押しつけられた。失神しても沈められた。死にそうになるたび、また意識が戻った。まるで、終わりがないみたいだった」

語尾が恐怖で揺れた。

市果はかけ布団をめくり、ベッドを降りた。

備えつけの冷蔵庫から、手つかずの缶チューハイを二本出す。ロング缶だ。一本を、イノリに渡した。

イノリがプルタブを開け、喉をそらして呷る。うなされて喉が渇いたのだろう。三分の一ほどを一気に飲んでしまう。

「悪い夢を見ると、またすぐには寝れないよね」

市果は言い、室内のソファに腰を下ろした。テレビの正面に据わった二人掛けのソファだ。自分の缶も開けたが、直接口は付けずグラスに注いだ。

のろのろとイノリがベッドを降りる。

二人とも、ホテルのバスローブ姿だった。

イノリは背を向けて、乱れたバスローブをなおすと、市果の隣に腰かけた。ただし腕と腕が触れぬよう、ほんのすこし空けて座った。成人を過ぎた多くの女性同士がそうするように、敬意ある距離が保たれた。

「……セイのお母さんは、殴る人だったの？」

ぽつんと市果は訊いた。

「ひどいもんだったよ」

イノリが吐き捨てる。

「セイの母親は、いかれてた。クスリをやってないときは飲んだくれて、酔ってないときはクスリをやってた。売春しながら、セイを連れてふらふら暮らしてた。定住所がないせいで、セイは学校にも行けなかった。毎日母親に殴られて、蹴られて、風呂で溺れさせられて、ときにはレイプされた」

「母親、に？」

「そう。母親に」

イノリは缶を飲みほした。

「でも酔って寝た母親が、ある日、ゲロを喉に詰まらせて死んだ。ようやくセイは解放された。でも、子どもだったしね。完全に自由にはなれなかった。お役所の人たちに、保護されたから」

「わたしと一緒だね」

うなずいた市果に、

「一緒じゃないよ。だってあんたがいたのって、養護施設だけでしょ？」

イノリはふっと苦く笑った。

「セイは、べつの施設にも入ったの。……キューゴのほうね」

意味はすぐにわかった。

救護院。現在は児童自立支援施設という名称に変わったが、いまだ旧名で呼ぶ職員も多い。犯罪行為を重ねるなどの問題を抱えた、少年少女のための施設だ。彼らはそこに入所、もしくは通所しながら〝社会的自立〟を目指す。

「セイは、養護施設に馴染めなかった。セイがまともにできるのはたったひとつ、他人のものをかすめ取ること。つまり泥棒だけだった。何度か捕まって送られた先のキューゴにも、やっぱり居場所はなかった。あの子は、どこに行ってもいじめられた。友達はできず、職員にも疎まれた」

でもまあ、向こうの言いぶんもわかるよ。イノリが言う。

「セイは一緒にいて楽しいやつじゃない。愚図で、勉強できなくて、陰気で臆病な役立たずだもん。

ゲームできないし、アニメもろくに観たことないし、スポーツもできない。誰とも共通の話題がなくて、話も弾まない。他人を苛々させる天才だよ」

市果はもうひとつのグラスに、自分のチューハイを注いだ。

イノリの前に、すっと無言で押しだす。

「セイ一人じゃ、なにもできない。弱すぎて生きていけない。――だから、あたしが生まれたの」

イノリの声は、歌うようだった。

「セイのやつは腰抜けで、喧嘩ひとつできないからね。殺すのも奪うのも、考えるのも、あたしの役目」

「そっか」

市果はうなずいた。

「あなた、セイのお母さんなんだね」

グラスに口を付ける。

グレープフルーツ味の底に、ウォトカの風味がした。

「多重人格の症例では、たいていの主人格が副人格の存在を認識できないでいるらしいよ。けどあなたは、その稀なほうのケース。セイの本物の母親は、彼にとって〝暴力〟〝強者〟〝好き勝手〟〝支配〟の象徴だった。だからあなたは、セイを守る理想の母親であると同時に、暴力的でもある。女性として庇護と暴力の両方を担うのが、あなた――イノリなんだね」

「あんたがなにを言ってるか、よくわからない」

イノリが低く言う。

「あんた、意外と理屈っぽいよね」

「うん。施設で本、けっこう読んだから」

市果は薄く笑った。

「弱いから、なにかしら武器がほしかったの。そこはセイと同じだね。でもわたしの武器は、知識と協調性。まわりに合わせて、本心を押しころして順応すること」

「あたしも漫画くらいなら読むよ」

イノリは言い、苦笑まじりに付けくわえた。

「セイはテレビドラマもろくに観ないけど。ほんの十分もじっと座ってられないんだ、あの子」

「気持ちはわかるよ。わたしも、同じところに長くいるの苦手」

ぼんやりと市果は言った。

「昔から、母親と姉と三人で、あちこち転々としたせい。お金は、お母さんが短期の住み込みホステスをしたり、仲居をしたり……、その土地で彼氏ができたら、しばらく養ってもらったり。もちろん幼稚園なんか行かなかった。読み書きはバーとかクラブのお手伝いをするうち、自然と覚えたけどね。……おまわりさんに保護されたときは、嬉しかったな。『お名前は?』って訊かれて『イチカ』と答えたときは、ほんと嬉しかった。わたしね、それまで戸籍がなかったんだよ」

「セイもだよ」

イノリが相槌を打つ。

「セイも、出生届を出されてなかった。だからずっと幽霊同然だった。山村は、お役所が付けた苗字。セイという名に、誓の字をふったのもお役所」

グラスに手を伸ばし、新たなチューハイを啜った。

市果は前方を見据えたまま、

「わたしだって、いつキューゴに行ってもおかしくなかった。ろくなもんじゃなかったもん。子どもの頃は、とくに手癖が悪くって」

喉の奥で、かすかに笑う。

「ほしいものを見たら、我慢できなかった。たいていは盗っても、店を出る前に戻せたけどね。お母さんに何度も怒られたよ。でもなんていうか、わたし、いけないことをしてる実感がなくてさ」

室内の時計は、午前三時二分を指していた。

「いつもそう。……この世界は、自分のいるべきところじゃない気がする。現実感が薄いの。世界も他人も、いつも、どこか遠い」

繋ぎとめてくれたのは、美雨ちゃんだけ——。

そうつぶやいた市果に、イノリが問う。

「美雨って誰?」

「言わなかったっけ?　二歳上の姉」

「聞いてない。はーちんとかいう子のことは聞いたけど」

「あはは、そうだったね」

乾いた声で市果は笑い、つづけた。

「わたし、シスコンなんだ。ずっと二人で支えあって生きてたからね。食べるものがないときは、いつも美雨ちゃんに先に食べさせた。自分のぶんがなくても、美雨ちゃんが最優先だった。美雨ちゃんがめっちゃグレたときも、お酒に溺れたときも、ずっとそばに寄り添ってた。……あなたとセイみたいな関係だったよ」

市果はにっこりし、自分の顔を指した。

「ちなみにこの市果って名前ね、美雨ちゃんが付けたの」

「へえ」

イノリは興味なさそうだった。

市果は内心で苦笑し、話題を変えた。

「セイは、いつまで施設にいたの？」

「ちゃんと十八までいたよ。仕事を斡旋《あっせん》されたけど、セイにはつとまらない作業だった。あの子、馬鹿ってほど馬鹿じゃないんだけどさ、覚えることとか理解することを、すごく怖がるんだよね」

「ああ、わかる気がする」

市果は首肯した。

「責任ができるのが、いやなんでしょう」

「そう」

イノリは即答した。

「仕事でも人でも、いったん理解してしまうと『知らない。おれは知らない』『関係ない』って目をそむけるのがむずかしくなる。責任ができてしまう。……あの子は逃げられなくなるのが怖くて、ずっと逃げてるの。そんな生きかたしかできないから、あたしがいるってわけ」

「いいね」

ごく素直に、市果は言った。

「セイにあなたがいて、よかった。わたしにはもう誰もいないから。はーちんも、姉も、離れていっちゃった。いっそわたしも、最初から逃げてればよかった」

「あんたって、学校行ったの？」

「行ったよ。保護されたとき六歳だから、運よく就学前だったわけ。高校まできっちり卒業して、施設の先生の勧めどおり、派遣会社に登録した」

「成績、よかったんだろうね」

妙に間延びした声で、イノリが言う。

「こうしてしゃべってても思うもん。こいつ、意外と馬鹿じゃないなって」

「それ、誉めてるの？」

「けなしてはないよ」

「あはは」

市果は声をたてて笑った。

なまぬるい、静かな夜だった。

4

翌日、二人は栃木県南東部にて三十代の男性を襲った。後頭部を殴り、イノリが絞め殺した。財布から、現金四万四千円を盗んだ。

県庁所在地の百貨店は、瀟洒《しょうしゃ》な九階建てだった。

一階フロアへ足を踏み入れた瞬間、市果の全身は強い香りに包まれた。お高い海外コスメと香水の芳香だ。


「デパコスを見に行きたい」

と言いだしたのは市果だった。イノリははじめのうち渋ったが、

「自分がイエベかブルベか、知りたくない？　プロのBAさんに診断してもらえるんだよ」

の言葉に、心が動いたようだった。

「でもあたし、体は男だしさ」

「一流どころのBAさんは、気づいてもそんなの顔に出さないよ。お得意さまの中には、ゲイバーで働く人だって普通にいると思うしね」

そんなやりとりを経て、二人はいま百貨店の一階フロアにいる。

たいていどこの百貨店でも、海外のハイブランドやコスメショップは一階にあるようだ。そしてレストラン街は最上階か、もしくはそのすぐ下にある。

市果たちは世界一人気とされるコスメショップに入った。

BAことビューティアドバイザーは、三十代なかばの目力の強い女性だった。近くでイノリを見て男性だと気づいたようだが、眉ひとつ動かさなかった。

「無料肌診断、というのをお願いしたいんですが」

「肌診断ですね。失礼ですが、当店ははじめてでいらっしゃいますか？」

マニュアルどおり、するするとスムーズにことが運んでいく。

いったんメイクを落とされると聞いて、イノリはすこし不機嫌になった。しかしプロの手で化粧しなおしてもらえると知り、すぐに黙った。

診断によると、市果は肌の水分量は充分。ただし部分的に皮脂が足りていないそうだった。実年齢より若い肌だとも言われた。

イノリは、過去の日焼けによるダメージ蓄積が高めらしい。目のまわりに染み予備軍がいくつかあるため、集中ケアがおすすめだと言われていた。

そして肝心のパーソナルカラーは、市果がブルーベース冬。イノリがイエローベース秋という結果だった。

「わたし、ずっと自分はイエベだと思ってました」

市果は驚き、自分の頬を撫でた。

「ネットで何度か自己診断したら、いつもイエベ春って出たんです」

「みなさん誤解しがちですが、黄み肌だからってイエベではないんですよ。黄み肌がみなイエベなら、アジア人はみんなイエベになっちゃうでしょう?」

BAが諭すように微笑む。

「むしろ日本人で一番多いのは、ブルベ夏さんなんです。涼しげなパステルカラーが似合うタイプですね。お客さまはブルベ冬さんですから、ご自分で思っているより、もっとパキッとした色のほうがお似合いですよ。たとえばリップなら、こちらのバーガンディとか」

差しだされたのは、いままで手を出したこともない色味のリップだった。

市果は呆然とした。なんてことだ。じゃあわたしはいままで、似合いもしない色ばかり付けていたのか。どうりで野暮ったかったはずだ。

なんとなく悔しくて、「じゃあ、彼女は？」とイノリを指してみた。

BAがにっこりする。

「こちらのお客さまは、ご自分をよくおわかりでいらっしゃいます。リップもファンデもコートのお色も、イエベ秋にばっちりです」

「ほらあ」

それ見たことか、とイノリが勝ち誇って胸をそらす。

「なによう」

市果はせめてもの仕返しに口を尖らせた。

だが言われてみれば、確かにイノリはいつも身に合ったものを着けている。イノリが遠目にちゃんと女性に見えるのは、そのせいもあるのだ、と市果ははじめて気づいた。

「ちなみに桜いろが似合うタイプって？」

市果は尋ねてみた。

「ブルべ夏さんですね」即答だった。

二人とも駄目じゃん、と、市果はイノリと顔を見合わせて苦笑した。

結局その店で、市果はバーガンディのリップを、イノリはコンシーラーを買った。プロにメイクしなおしてもらった顔はつるりと整って、気分がよかった。

八階で遅いランチを取って、二人は新たなホテルにチェックインした。

その晩、イノリは市果にネックレスを返してくれた。市果はなにも言わず、当然のように受けとった。

＊　＊

三日後、二人は栃木県南西部にて二十代後半とおぼしき男性を襲った。イノリが背後から殴り、絞め殺した。現金三万六千円が手に入った。

そのラブホテルには、カラオケセットがあった。

市果は「歌おう」とは誘わなかった。しかし市果が二、三曲歌うと、自然とイノリもマイクを握った。

なぜかイノリは『天城越え』だの『火の国の女』だの、演歌ばかり歌った。市果はテイラー・スウィフトやリアーナを歌った。

「英語できるの？」

「まさか。耳コピだよ、カタカナ英語ってやつ」

画面に流れる歌詞にも、カタカナでルビが振ってあった。

飽きるまで歌ってから、二人は外出した。通常のラブホテルは外出禁止だが、そこはフロントに預かり金を払えば出入りできるシステムであった。

ラブホテルから数分歩くと川があり、土手の桜並木が満開だった。

染井吉野《そめいよしの》は、端が葉桜になりかけていた。その緑すら、フリルのふちどりのようで愛らしかった。鬱金《うこん》桜は咲きはじめで、枝垂《しだ》れが最盛期であった。

「コンビニでお弁当買ってくればよかったね」

歩きながら、のんびりと市果は言った。

「夜のお花見は寒いから、昼間がいいよ。みんな昼にお花見すればいいのに」

「でも昼間だと、会社員は飲めないじゃん」

会社勤めなど無縁だろうイノリが、わかったふうに言う。

「やっぱお酒か」

「酒だね」

声を揃えて笑った。

「次はお弁当持って、お花見しようよ。もうちょっと北に行けば、まだまだ染井吉野だって咲いてるでしょ」

「スーパーのちらし寿司買って？　でも、大っきいみかんはやめてね」

「そうそう、みかんはやめ」

市果は笑ったが、イノリは真顔で「みかんじゃない。大っきいみかんが駄目」と繰りかえした。

「必要なのは、ちらし寿司と、ビールとチキン。それがなきゃお花見はしない」

「わかった」

市果も真顔をつくり、うなずいた。

「大丈夫だよ。スーパーで全部揃う。ちらし寿司と、ビールとチキン。サンドイッチなんかもあっていいね」

＊　＊

二日後、栃木県北西部にて四十代の男女を襲った。一人を車内で、もう一人を数キロ離れた空き家の敷地内で絞め殺した。現金十三万七千円が手に入った。

ほんのすこし北上しただけなのに、染井吉野が満開のスポットが見つかった。ひと雨来れば散ってしまうだろう、ぎりぎり瀬戸際の満開であった。

二人はコンビニのビニール袋を尻に敷き、芝生の上でランチを取った。

残念ながら、ちらし寿司ではなく助六だった。しかしビールは冷えていたし、チキンは揚げたてだった。

ほんのすこしの風で、桜の花弁はほろほろと散った。市果の髪に、イノリの肩に降りそそぐ。雪みたいで、雪よりもはかない、と市果は思った。

二人はほろ酔いでバスに乗り、繁華街へ向かった。

イノリが「ボウリング、やってみたい」と洩らしたからだ。イノリが自分から「なになにをして遊びたい」と言うのは珍しい。市果は即座に賛成した。

平日のボウリングセンターは空いていた。

「やったことないの？」

「一人でこんなとこ、普通入らないでしょ」

「一人で練習してる人もいるけど……うん、初回から一人で来る人はいないね」

とはいえ、市果もほんの二、三度しか経験がなかった。靴を借り、重さによってボールを選ぶくらいしか記憶にない。

おっかなびっくりやってみた。

予想どおり、二人ともおそろしく下手だった。なのに、ひどく楽しかった。

ガーターが出るたび、口を押さえて笑った。お互いが下手であればあるほどおかしくて、妙に嬉しかった。レベルが一緒だ、と思えた。

三ゲームやったが、スコアはさんざんだった。

笑いながら二人はボウリングセンターを出、スーパーで夕飯を買いこんだ。そして新たなホテルにチェックインした。またラブホテルだった。

ホテルで二人はまた歌い、缶チューハイを飲み、古いＡＶを観た。

驚いたことに、ラインナップの中に『バッキービジュアルプランニング』の作品があった。二十年近く前、女性たちをだまして鬼畜系ＡＶに出演させていた制作会社だ。

出演した女性に直腸穿孔、肛門裂傷で全治四箇月の重傷を負わせたのをきっかけに、スタッフが続ぞくと逮捕された。作品のタイトルは『強制子宮破壊』『水地獄一丁目』等々。

「……こんなの撮ったやつ、みんな死ねばいい」

画面を見つめながら、市果は言った。

契約書にサインを終えた瞬間、女性が髪を掴まれ、引きずられていくシーンが映っていた。「話が違う！　話が違うじゃない！」と、あきらかに演技ではない悲痛な声が響きわたる。

「だね。死ねばいい」

イノリがあっさり同意した。

「目の前にいたら、あたしが殺してやる」

5

栃木県南東部と栃木県南西部にて発生した殺人は、それぞれの所轄署に捜査本部が立った。数日の間、これらの事件は関連のない個別の強盗殺人だと見られていた。

旗いろが変わったのは、北西部にて四十代の男女が殺害されてからだ。

「二日前に南西部で起こった会社員殺しと、手口が似ている」

と栃木県警捜査第一課強行犯第一係の係長が気づいたのだ。

この係は、かつては〝庶務担当《ショムタン》〟とも呼ばれた役職である。

各捜査本部の立ちあげの段取りをし、捜査には直接かかわらないにしろ、あらゆるバックアップにつとめる。つまり各事件に目くばりできる、酸いも甘いも嚙みわけたベテランの役職だ。

その第一係長が、「ぴんと来た」相似であった。

両件とも絞殺であり、凶器は梱包用のビニール紐と推定されること。指紋等がいっさい検出されず、手慣れていること。

現場に怨恨や復讐を思わせる激情の痕跡がないこと。その無機質さに反して、手口は残虐であること。どうやら物盗り目的らしいが、財布に数千円を残し、カード類や結婚指輪、時計などには手を付けないこと等々である。

南西部で殺された二十代の男性会社員は、事件当夜、結婚が間近い友人を祝うための飲み会に出席した。

彼は酒乱のたちであった。新郎予定の友人にからみ、わずか一時間半ほどで、会費も徴収されず帰されている。

だが死体となって発見されたとき、彼は財布に二千円しか所持していなかった。

死亡推定時刻からして、ほかの店に立ち寄ったとは考えづらい。また解剖の結果、彼の胃には飲み会で口にした食物しか残っていなかった。

――飲み会の会費は、たいてい現金払いだ。彼の収入からして、三、四万は所持していないとおかしい。

誰かが殺し、財布から万札を奪った。そうとしか考えられなかった。

たった数万円のために人を殺すか？　と、多くの市民は疑問に思うだろう。

だが警察官なら「殺す」と即答できる。

人は困窮すれば、わずかな小銭のためでも鬼になれる。いい例が古谷《ふるや》惣吉《そうきち》だ。この昭和中期の連続殺人犯は、たった二百数十円を奪うために無慈悲な殺人を犯した。

北西部にて四十代の男女が殺害された事件は、さらに不自然だった。

一見して無理心中とも映ったこの二人は、恋愛関係どころか遠い親戚だった。ふだんはまったく付き合いがなく、葬儀会場へ向かうために、たまたま同乗しただけの間柄であった。

さらに女性のほうは、殺害の数時間前にATMで十万円を引きだしているが、その金がそっくり消えていた。

両事件とも、現場から指紋は採取できなかった。微物も足跡も同様だ。

しかし映像データがあった。

被害者たちの足取りを追う防カメ精査において、両事件で、ある女の姿が視認できたのだ。刑事局長がひそかに関東全域に通達しておいた〝防カメ映像の女〟だ。同一人物に見えた。

さらにそこへ、新たな報告が入った。

北西部の男女殺しの一週間前、南東部にて自営業の男性が殺されている。この事件も同一犯の仕業ではないか――と疑いが持ちあがったのである。

こちらの殺しの凶器は、ビニール紐ではなかった。被害者自身のスウェットパーカーの袖であった。だが財布に数千円だけ残すこと、現金以外手を付けないこと、現場の無機質さなどは共通していた。

そして最大の決め手は、やはり〝防犯カメラの女〟であった。

映りこんだ〝女〟は、あきらかにカメラを意識していた。

どの映像にも、顔ははっきり映っていない。前髪をなおすふりで顔を手で隠す、あたりを見るように首を曲げるなど、一貫して巧妙である。

だが、巧妙に過ぎた。

ひとつの映像だけを観たなら自然でも、複数の映像をつづけて観れば、その巧妙さは不自然に変わった。うしろ暗い人間のとる行動でしかなかった。

――これらがほんとうに同一犯なら、一週間で四人殺されたことになる。

おそるべきハイペースさだった。

もし刑事局長の危惧が的を射ているなら、この女は——男の相棒がいるならばカップルは、関東を殺人行脚《あんぎゃ》していることになる。

しかも自営業殺しの捜査本部は、ある重要な情報をもたらした。

「千葉の事件で拉致された飯島市果らしき女性を、カメラ映像で視認した」

この情報に、捜査員たちはどよめいた。

類似の事件でもっとも捜査員が落胆するのは、被害者の死亡情報だ。逆にもっとも活気づくのが、生存を確認できたときである。飯島市果が生きているらしいとの情報は、多くの捜査員を奮いたたせた。

栃木県警はこの三事件を「同一犯の疑いあり」として警察庁に報告した。

刑事局長の返事は「水面下で動け。マスコミに気取《けど》られるな」だった。

現局長のマスコミぎらいは有名だ。祖父の代からの恨みであった。上意下達で、みっちりと緘口令《かんこうれい》が敷かれた。

刑事局長は、各県警へ正式に報せた。

「栃木県で発生した三事件を、今後は同一犯の可能性ありとして捜査する」

また「今後の広域重要指定も、視野に入れる」と明言した。

物的証拠は皆無で、揃うのは状況証拠ばかりという現状では、これが精いっぱいであった。

局長の言葉は、こうつづいた。

「日本の警察は優秀である。その優秀さを本職が疑ったことは一瞬たりともない。不幸にして縦割り構造による情報伝達の不備が、ときに能力の発揮を阻むこともある。しかし本職は信じている。トップの判断をもとに指揮系統を整わせ、全警察官が意思をひとつにして動くとき、われわれ以上に優秀な組織はないと。

今回のトップ、すなわち本職が全責任は負う。そして本職の権限において、貴職たちに断言する。この〝防犯カメラの女〟は、われわれが追うべきマル対である。守るべき市民ではなく、社会の敵である。本職と意思を同じくして動く、貴職たち全警察官に通達する。この女を、追え」

6

ホテルの歯ブラシは使いづらいので、市果はマイ歯ブラシを携帯している。ヘッドがちいさくて、毛は柔らかめ。鏡をぼうっと眺めながら、一本一本みがく。

――子どもみたいな顔。

鏡に映る自分に、そうひとりごちた。

若いというより、童顔だ。カシワの「若く見えるよねえ」はイセさんへの当てつけだったろうが、自分でも幼い顔つきだと思う。

――わたし、ほんとうはいくつだっけ?

ときおり自分でもわからなくなる。

物覚えはいいほうだと思う。でも幼い頃の記憶は断片的だ。それも異様に鮮明か、ひどくぼんやりしているかの両極端だった。

たぶん、いやな思い出ばかりだからだ。

実父とも母の彼氏とも付かぬ、酔って怒鳴る男。その横で啜り泣く母。薄汚れたアパート。暗い蛍光灯。鼻を突く下水道の臭い。

――自分の中にいいものを蓄積してこなかったから、幼いんだな。

そう、わたしは若いというより幼い。幼稚と言ってもいい。社会人として何年働こうと、すこしも大人になれなかった。成熟しなかった。

――仕事でも人でも、いったん理解してしまうと『知らない。おれは知らない』『関係ない』って目をそむけることが、むずかしくなる。

――あの子は逃げられなくなるのが怖くて、ずっと逃げてるの。

イノリはセイをそう評した。

わたしもセイと大差ない。そう実感しながら、市果は歯をみがく。みがき終え、口をゆすぐ。顔を上げると、やはり鏡に己が映っていた。

洗いたてでノーメイクの顔は、色をのせる前の塗り絵のように、ぽっかりと空虚だった。


二人は県境を越え、福島に入っていた。

その日は十二時間レンタルで三千円を切る格安レンタカーでコンパクトカーを借り、ドライブに繰りだした。

イノリはキャリーケースに常備の運転免許証の中から、三十八歳の女性のものを受付に出した。写真の女性はショートカットだったが、受付は疑うことなく二人に車を貸しだした。

「待って。セイに代わる」

運転席でハンドルを握る直前、イノリは言った。

「セイのほうが運転は巧いの。だから代わる」

その宣言どおり、十数秒後に運転席に座っていたのは、イノリではなくセイだった。

助手席から見守っていた市果は、セイが男にしか見えないことに驚いた。

一心同体であるはずのイノリの服を着、イノリの化粧をしていても、彼は〝女装した男〟以外のなにものでもなかった。

「降りる前に、イノリに戻ったほうがいいよ」

そうアドバイスするのが精いっぱいだった。

「セイのままで車を降りたら……たぶん、目立っちゃう」


セイはイノリに比べ、はるかに無口だった。彼女の十分の一ほどしか口をきかなかった。でも静かで悪くない、と市果は思った。

春の福島はのんびりとのどかで、山が美しかった。雲の流れが速い。田植え前の田んぼを、四、五羽の白鷺《しろさぎ》が歩いている。

「鷺には、白鷺と青鷺がいるんだ」

左折のウインカーを出しながら、セイがぽつりと言った。

「そのふたつは、どう違うの？」

「青鷺のほうがでかい。青っていうか、青っぽい灰いろだな」

「魚を食べるんだよね？　田んぼに魚なんかいるのかな」

「泥鰌《どじょう》や田螺《たにし》がいる」

「あ、そうか。泥鰌を食べるんだね」

コンパクトカーは二十分後、ローカルなスーパーの駐車場に停まった。エンジンを切ってハンドルを離すと、運転席にいるのはすでにセイではなく、イノリだった。

「見て。念願のちらし寿司」

惣菜コーナーでパックの寿司を指す市果に、

「念願って、大げさな」

イノリが苦笑した。

小粒みかんは、結局買わなかった。一年じゅう買えるハウス栽培のみかんが売られてはいたが、「アルコールに合わないからいい」とイノリが却下した。

代わりに焼き鳥と、一パックに二種類入ったケーキを買った。チーズケーキと、いちごショートのセットだった。

花見の宴席は、迷った末、公園に決めた。

桜は八重桜であった。どこにも説明書きの看板がなく、種類はわからずじまいだが、きれいだった。

染井吉野よりピンクが濃く、風にも強いようだった。

「いただきます」

「いただきます」

熟れた陽射しが、二人のうなじをじりじり焼いた。

「最近、さ」

ちらし寿司の蓮根を箸でつまんで、市果は言う。

「絞めておしまい、なことが多いよね」

二人は芝生に座っていた。木洩れ日で、頭からレース編みをかぶったように視界がまだらだ。

「うん」

イノリがあっさりうなずく。

市果が言った意味は、即通じたようだった。栃木の殺しでは、三件とも絞殺ばかりだったね――の意だ。

数メートルさきの桜の根もとで、老夫婦が同じように弁当を広げている。

「……あんたがキネって呼んでた男を、あれしたとき、さ」

彼女らしくもなく、イノリは口ごもった。

「手袋を、喉に……。あれ、気持ちよかったんだよね。だから」

なぜかイノリは恥ずかしそうだった。目もとがほんのり赤い。総務のサトウさんが好きなの、とでも告げるような口調と表情だった。

はにかむイノリを、「好ましい」と市果は思った。

と同時に「まずい」とも思った。

――手口が一定するのは、たぶんよくない。

犯行の手口がばらばらで、被害者は行きずり。かつターゲットを容姿、年齢、性別などの決まった条件で選ばない。いままでイノリたちが逮捕をまぬがれたのは、おそらくそのおかげだ。

同一犯と見なされず、連続殺人だと気づかれぬがゆえに成り立ってきた、長い長い殺人行脚であった。

——犯行に好き嫌いができたのは、イノリが人格を持ちはじめた証《あかし》だ。

わたしが名づけたせいだろうか。市果はビールに口を付ける。

ただの〝セイの保護者〟〝殺す女〟ではない。〝イノリ〟という確かな人間ができあがりつつある。

——そしてその人間を、わたしは気に入っている。

市果はペットボトルのワインを開け、ふたつの紙コップに注いだ。

「ケーキも開けちゃおっかな」

自然とイノリがいちごショート、市果がチーズケーキに決まる。プラスティックのフォークをかまえ、市果は微笑んだ。

「ねえ、いちごショートひと口ちょうだい、って言ったら怒る?」

「なに、いきなり」

目を見張るイノリに、市果は言った。

「前にファミレスで、女友達同士がやってるの見たから」

「ああ、そういうこと? べつにいいよ」

イノリがケーキのパックごと、市果のほうへ押しやる。

市果はいちごショートをひと口食べて、「ん、おいしい」と笑んでから、「チーズケーキも食べて」と勧めた。

公園の噴水が、遠くで涼しい水音を立てていた。

午後からはショッピングセンターで服を買った。

もちろん高価な服ではない。それなりに流行のラインながら、一枚五千円を超えることはないファストファッションブランドだ。春らしいニットが各千八百円、ロングスカート二千九百円、ワンピース三千八百円。

夕飯は喜多方ラーメンを食べた。平打ち麺に、スープは豚骨と煮干しが効いた濃い口の醬油ラーメンだった。

その夜はラブホテルに泊まった。シャワーを浴びてセイに戻ったイノリに、

「買った服、着てみせて」

市果は言った。

それまでイノリは、一度も市果の前で着替えたことがなかった。イノリからセイに、セイからイノリに替わる瞬間は明かしても、着替えるさまは見せてこなかった。

「いいじゃない。目の前で着てみせてよ」

イノリの葛藤を承知で、市果はそそのかした。

「なんで隠すの。女同士なのに」

「なんでって、あんたねえ」

セイの姿のまま、口調が瞬時にイノリに変わった。市果は笑った。

「『ひと口ちょうだい』も済ませた仲でしょ。わたしたち、もう他人じゃないじゃん」

その言いぐさに、ついに「ふは」とイノリが笑った。

「あーもう……、あんた、ほんっと頭おかしいわ」

ラブホテルのクロゼットを開けると、内側に姿見が張ってあった。その姿見で自分の姿を確かめながら、二人はお互いの前でファッションショウをした。

市果はニットを二枚と、ワンピースを買った。

ブルベ冬はくすみがなく、青みを帯びたはっきりしたカラーが似合うらしい。ニットはターコイズとビビッドオレンジ。ワンピースはアイスグレイにした。

イノリはイエベ秋なので、低彩度のくすんだ深色が似合う。マキシ丈スカートと、喉ぼとけを隠すタートルネックのニットを二枚買った。色はテラコッタと茄子紺《なすこん》だ。

とくにテラコッタが、イノリの肌によく映えた。


「ね、セックスしたことある?」

だだっ広《ぴろ》いベッドでくつろぎながら、市果は訊いた。

「は?　それ、自分の意思でってこと?」

イノリがこれでもかと顔をしかめる。

「ないよ。あるわけない」

「わたしもない」

市果は言い、寝がえりを打った。室内はオレンジの間接照明のみに照らされ、まどろみを誘う薄暗さだ。

「施設でさ、べたべた触ってくる職員とかいなかった?」

「いたね」

「あたし、あれがいやでさあ。いやらしい意味抜きで触ってくる人もいたけど、いやなことに変わりなかったな」

「わたし、男性職員にトイレ覗かれたことある」

「うわ、最悪」

市果の言葉に、イノリが叫んだ。

「最悪でしょ？　けどそういうやつに限って、馘首《くび》になんないんだよね」

「コネがあんじゃん？」

「やっぱりそう思うよねえ。姉さえいなきゃ、あんなとこ脱走してたかも」

数秒、沈黙が落ちた。

しかし気まずくはなかった。ほんのり眠気を帯びた、甘く柔らかな沈黙だった。

やがて、低くイノリが問うた。

「……お姉ちゃんのこと、好き？」

「好きとか嫌いとか、そういう存在じゃないよ」市果は答えた。

「イノリだってそうでしょ？　セイのことは、好き嫌いの次元じゃなくない？」

「そうだね」

イノリは素直に同意した。

「好き嫌いじゃない。大事なだけ」

「でしょ」

首肯してから、市果はつづけた。

「――人間ってさ。ひとつでも大事なものがないと、生きていけないと思う」

その夜は、お互いの鼓動を聞きあいながら眠った。

姉妹、いや、双子のように、ぴたりと身を寄せあって寝た。それまでに体験したことのない、穏やかで深い眠りが訪れた。

7

同じ頃、番場は当直の仮眠室で夢を見ていた。

夢の中で、妻の香南子は昔の姿だった。二十代なかばの若わかしい香南子だ。彼女は娘と手を繋いで歩いていた。

――芹香。

娘の芹香はランドセルを背負い、入学式用のスーツを着ている。品のいいグレイのワンピースに、ショート丈のジャケット。胸もとのリボンが小公女のようだ。

――ああ、夢だな。

番場は意識の浅い部分で悟る。

これは夢だ。だっておれは、芹香のこんな姿を見ていない。

あの子は小学校に入学などしなかった。七五三の晴れ着も着せてやれなかった。それどころか、一歳の誕生日すら祝えなかった。

——生きていれば、二十五歳になるはずだ。

あの日番場は、勤務中に妻から電話を受けた。まだ刑事だった頃だ。現場に出ていなかったのが、不幸中のさいわいだった。

はじめのうちは、妻がなにを言っているのかわからなかった。

香南子は取り乱していた。半狂乱と言ってよかった。落ちつけ、と言い聞かせていると、通話の相手が変わった。

警察官だった。

その瞬間、背すじが凍ったことをいまでも番場は覚えている。

警察官がすぐそばにいて、電話を代わる——。その意味はあきらかだった。妻子が、なんらかの事件に巻きこまれたのだ。

最初は交通事故だと思った。香南子はその朝、「芹香を予防接種に連れていく。おたふく風邪と水疱瘡《みずぼうそう》よ」と言っていた。病院へはバスで向かったはずだ。そのバスが事故を起こしたのか、と反射的に考えた。

しかし違った。警察官は言った。

「本署のジラが、半径八キロ圏内を捜索中です」と。

ジラ、つまり自動車警邏《けいら》班のことだ。番場が同業者だと知った上での、くだけたもの言いだった。

相手はこうも言った。

「署を挙げて捜索しています。必ず見つけます」

芹香がショッピングセンターのトイレから連れ去られた——そう理解したのは、たっぷり十分ほどあとだった。

脳が理解を拒んだため、十分も要したのだ。警察官の説明を聞いても聞いても、言葉は耳を素通りしていった。

香南子は予防接種の帰り、市内のショッピングセンターに寄ったらしい。夕飯の買い物のためだ。しかし彼女は貧血を起こした。妊娠後期から出産後にかけて、香南子はしょっちゅう貧血を起こすようになっていた。

ベビーカーを押しながら、香南子は座れるところを探した。だが見つからず、女子トイレに向かった。

記憶はそこで途切れている、という。

次にはっと気づいたとき、香南子はショッピングセンターの従業員に抱えられていた。聞けば、洋式便器にもたれて失神していたそうだ。利用者の一人が閉まったきりの個室を不審に思い、従業員に報せてくれたのだ。

「――さんは?」

従業員の唇が動いた。え?　と香南子は聞きかえした。

「お子さんは、どうされました?」

どうされましたって、なにが?　芹香ならあそこにいるじゃないか。あのベビーカーの中で、すやすやと眠って。

ゆっくりと香南子は首をめぐらせた。そして、瞠目した。

ベビーカーはからっぽだった。

香南子の全身に、ぶわっと鳥肌が立った。彼女は絶叫を放った。

——それが、ことの顚末だ。

いまだ夢の中でたゆたいながら、番場は苦く反芻《はんすう》する。

芹香はいまだ見つかっていない。誰が連れ去ったかもさだかではない。

防犯カメラ映像は、むろん何度も何度も確認した。だが人の数が多すぎた。香南子がトイレに繋がる細い通路に入ったあと、同じ通路を出入りした男女は三十二人にのぼり、そのうち十一人が特定できずじまいだった。

誘拐犯は、子どもがほしくても授からない女性か。はたまた変質者か。考えたくもないが、人身売買目当てだったのか。

夢の底で、声がする。誰か叫んでいる。

刑事局長だ。

この防犯カメラの……は、われわれが追うべきマル対である。守るべき市民ではなく、社会の敵である。本職と意思を同じくして動く、貴職たち全警察官に通達する。この……を、追え。

ああ、追ってくれ。番場は思う。

芹香をおれたちから奪ったそいつは、誘拐犯は、社会の敵だ。みんな追ってくれ。

——おれの娘を、どうかおれたちに返してくれ。

芹香は生後十箇月と十三日だった。体重は約八キロ。ようやくつかまり立ちができるようになった頃だ。

可愛いさかりだった。捜査で三徹した朝でも、帰宅して娘の顔を見れば、一瞬で疲れが吹きとんだ。

刑事局長が「追うべきマル対である」と繰りかえすのを、番場は遠く聞く。

追うべきマル対である。守るべき市民ではなく、社会の敵である。

この……を、追え。

8

福島に入ってからというもの、市果たちは人を殺していなかった。

あの中年カップルから得た十三万七千円が、気を大きくさせていた。二百万の札束よりも現実みのある、使い勝手のいい金だった。

「どうする。まわらないお寿司でも食べてみる?」

そう訊いた市果に、イノリは首をかしげた。

「うーん。あたしお寿司って、あんまそそられないな」

「じゃあ、なにか食べてみたいものある? いままで食べたことがなくて、一度試してみたいもの。鰻《うなぎ》でもローストビーフでもなんでもいいよ」

その夜、二人はラブホテルの部屋に宅配ピザを取った。

フロント経由で、出前可のラブホテルであった。代金は、運んできた従業員にピザと引き換えで払った。もちろん〝現金払いのみ〟だ。

「宅配ピザ、食べたかったんだ?」

「だって……一人じゃ頼めないじゃん。こんなの」

イノリは照れくさそうだった。

「あたしとセイで二人とはいえ、体はひとつで胃袋もひとつだしさ。それに、値段が高いからね」

そのホテルは、ビデオオンデマンドに加入していた。二人はマルゲリータとペパロニチリのハーフ&ハーフを食べながら、やや古めの映画を観た。

イノリはなぜかディズニーのアニメを「怖い。キモい」と厭《いと》った。

「動きがなめらかすぎてキモい。人間に近づけようとしすぎて、べつの変なもんになってる感じ。無理無理。生理的に無理」

どうして『レナードの朝』を観ることになったかは、覚えていない。

ロバート・デ・ニーロが、嗜眠性《しみんせい》脳炎の患者レナードを演じる映画だった。

原因不明の不治の病と思われていたが、パーキンソン病の新薬を使ったことで、レナードは劇的に回復する。そして三十年ぶりに世界を見、担当医と友情を育《はぐく》み、ポーラという女性と恋をする。

だが回復は、あくまで一時的なものだった。レナードの病状はふたたび悪化する。

レナードは体の痙攣が止まらなくなり、こんな自分は彼女にふさわしくないと絶望する。「会うのは最後にしよう」とポーラに告げ、立ち去ろうとする。

だがポーラはレナードを止める。彼の手を取って、自分の腰にまわさせる。二人はその場で静かにダンスをし、レナードの痙攣はその間だけ鎮まる――。

いいシーンだった。しかし市果は、気づけば画面ではなく、隣のイノリを見つめていた。

イノリは泣いていた。

いまだメイクを落としていない頬を、いくすじもの涙がつたって落ちる。見ひらいた目が、画面を凝視していた。ひどく無防備な涙だった。

「どうして」

市果は問うた。

「どうしたの。なぜ、泣いてるの」

「わからない」

かすれた声で、イノリは答えた。市果はいま一度、尋ねた。

「あなた、――どっち？」

「意識はあたし」即答だった。

「でも……でも、どっちの涙か、わからない」

喉に詰まるような声音だった。

画面では、レナードが窓越しにポーラを見送っている。食べ残しのピザが、脂の匂いを発しながら紙箱で冷えていった。


――本格的にヤバい、かも。

そう危惧を深めながら、市果はノートパソコンのモニタを睨んだ。

ホテルから、五百円でレンタルしたパソコンであった。

イノリには「姉のＳＮＳを観たいから」と言いわけして借りた。しかし実際には、市果はニュースばかりチェックしていた。過去にイノリたちが犯してきた殺しの、続報を知るためだった。

――やっぱりだ。イノリは、どんどん〝人間〟になってきてる。

人格がはっきりして、犯行の好き嫌いができた。「絞殺が気持ちいい」とまで言った。嗜好を持てば、殺しに個性が出る。どうしても感情が混じる。感情は、獲物を選ぶ嗅覚を鈍らせる。

そしてついに、涙まで流すようになった。

もう彼女はただの殺人マシーンではない。だが「出会った頃の〝ロングコートの女〟に戻ってほしいか？」と問われれば、市果は「否」と言うしかなかった。

——このままじゃいけない。でも。

市果はネックレスのトップをいじった。

——でも、わたしはイノリを失いたくない。

はーちん以来……いや、はじめてできたレベルの親友だと思える。たとえこの逃避行に不利だとしても、イノリに消えてほしくはなかった。

「ねえ、いつまでパソコン見てんのぉ？」

背中越しに、イノリの声がした。いかにも退屈そうな声音だ。

「お腹すいちゃった。なんか食べに行かない？」

「あ、うん」

急いで市果はパソコンを閉じ、親友を振りかえった。

「いいね。チェックアウトして、ごはんに行こう」

JR只見線で、二人は福島から新潟へ移った。

乗りたいと主張したのはセイだった。市果は知らなかったが、会津若松駅と新潟県の小出駅を結ぶ、全長百三十五・二キロの路線だという。

市果は電車に興味がない。鉄道旅にロマンを感じないし、電車にカメラを向ける鉄オタたちにも「ふうん」としか思わない。

しかし只見線は、乗ってみて「ああ、なるほど」と思った。

絶景を楽しむための路線だった。秘境と呼んでいいような渓谷を、単線電車が「たんたん、たんたん」と揺れながら渡っていく。

春の山は美しかった。茂る緑にも濃淡があり、その斜面をさらに桜がいろどった。枝垂れの薄紅《うすべに》、染井吉野の薄桜《うすざくら》いろ、八重の鴇《とき》いろが、目にもあやなグラデーションを成す。車窓越しにも匂いたつような眺めだった。

「これが、見たかったんだ?」

セイに問うと、答えずに彼は薄く笑った。

彼もまた春の装いに替え、黒のポリエステルコートから、カーキブラウンのパーカー姿になっていた。

終点の小出駅からさらに電車を乗り継ぎ、二人はその日、一泊四千円台のビジネスホテルにチェックインした。


異変を感じたのは、夜十時過ぎのことだ。

内線電話が鳴り、市果が出ると、ホテルのフロントからだった。

「夜分失礼いたします。当ホテルのルームサービスは十時半で終了ですが、御入り用はございません

「か？」

「あ、はい。大丈夫です」

「承知いたしました。ごゆっくりお休みください」

受話器を置き、市果は首をかしげた。

「フロントからだった。変なの。ルームサービスの押し売り？」

次の瞬間、市果はぎょっとした。

数十センチ向こうに立つセイが、瞬時に形相を変えたからだ。

穏やかな彼には珍しい怒りと焦燥が、その面《おもて》にはっきり見てとれた。

「逃げるぞ」

「え？」

「おれたちが部屋にいることを、確かめやがった。……警察《サツ》が来る」

「え、でもテレビじゃ、なにも。ネットでだって」

指名手配されたなんてニュースはなかった、と言い張る市果を、

「まだマスコミにバラしてないか、グルになって隠してんでしょ」

ぴしゃりと遮る。その口調は、すでにイノリのものだった。

「このままで出るよ。一秒でも早く逃げなきゃ」

「でも――でも、どこから逃げるの。ここ九階だよ。窓は嵌めごろしだし……。あ、非常階段とか？」

だがイノリは首を横に振った。

「このホテルは後払い制だから、非常階段は開けっぱじゃないはず。たぶん警報装置とつながってて、開けた瞬間に非常ベルが鳴るシステムだね。一階の出口は、内側からしか出られない一方通行のドアだと思う」

さすが放浪生活が長いだけあって詳しい。

市果は言葉の内容を咀嚼してから、

「じゃあホテルの従業員に、警報装置を解除させればいいのね」とうなずいた。

「……わかった。わたしに任せて」


その日、フロントにいた従業員はアルバイトの大学生だった。三交代制シフトで、夕方から零時までの遅番勤務である。

午後六時過ぎ、制服姿の警察官がやって来て、彼に二枚の写真を見せた。「この女性たち、おたくに泊まってません？　見覚えないですか？」と。

彼は「見てません」と答えた。

なにがあったか知らないが、わざわざ警察が来るくらいだから重大事件だろう。そんな事件が、こんな片田舎に関係あるもんかと思った。

だが約三時間後、彼はまさにその〝写真の女性〟を目撃することになる。

ショートボブのほうだ。彼女はフロント横に設置された電子レンジで、コンビニ製とおぼしき弁当を温めていた。大学生は思わず二度見した。

まさか、と思った。だがどこからどう見ても、例の写真の女性に間違いなかった。化粧のせいか、だいぶきれいになっている。だが本人だ。

女性は自動販売機でドリンクを二本買い、エレベータに乗って去った。

大学生は迷った。約一時間、迷いつづけた。

逡巡の末、彼が市果たちのいる九〇六号室に内線をかけたのが、午後十時三分。警察に通報したのが十時五分。

そして三〇二号室から内線でヘルプコールがあったのが、十時十一分であった。

「トイレが詰まった。なんとかしてくれ」

大学生は内心で舌打ちした。

——ああもう、ワンオペはこういうとき参るぜ。

人件費をぎりぎりまで削った安ホテルだけあって、遅番と夜番は基本的にワンオペだ。ふだんは気軽でいいが、トラブルが起こったときが面倒である。

——九〇六号室は大丈夫だよな？　くそ、警察早く来いよ。

「大変申しわけございません、お客さま。でしたら別階に空きがございますので、そちらにご移動いただけますでしょうか。たいへんお手数ですが、カードキイをお持ちになって、フロントまで……」

「無理だよ無理無理。ああ、逆流してる。いいから早く来いって！」

通話が切れた。

盛大なため息をつき、大学生は受話器を置いた。

こうなったら行くしかない。逆流したトイレの後始末などぞっとしないが、クレームを入れられて馘首《くび》になるのはもっと困る。

移動できる空室のカードキイを持ち、エレベータで三階へ向かった。

さいわい廊下に異臭はしなかった。ほっとしつつ、三〇二号室をノックする。

「お客さま。失礼いたします」

扉が細くひらいた。

ひらいたと思った刹那、大学生は衿首を摑まれ、室内に引きずりこまれていた。

首すじに冷えたものが当たる。

同時に彼の目は、信じられぬものを見ていた。床一面に広がった赤。いまだ見ひらかれたまま、うつろに空《くう》を睨む眼球。鉤爪のように曲がった指。血に染められたホテルのガウン。

本来の三〇二号室の客が、もの言わぬ骸《むくろ》となって転がっていた。

あきらかに、胸を数箇所刺されていた。

今回はイノリが絞殺を楽しむ暇《いとま》はなかったのだ。だが、大学生には知るよしもないことだった。

頸部に冷たい刃を感じながら、彼は耳もとでささやきを聞いた。

「……いい子ね。言うとおりにしてくれる?」

男の声だった。彼を摑んだ手もごつく、血管が浮き、やはり男のものだった。しかしその口調は確かに女だった。ねっとりと湿って、甘かった。

返事の代わりに、大学生は低く呻いた。

9

アルバイトの大学生は重大なミスを犯した。九〇六号室に確認の内線などかけず、通報だけすればよかったのだ。

だが「もうとっくに逃げたかも」「恥をかきたくない」という妙なプライドが働いた。そのプライドが、彼を死に追いやった。

第一臨場したのは、無線を受けた警邏中の警官二人だった。巡査部長と巡査のコンビである。このとき、時刻は十時十九分。

警官たちはまず無人のフロントを見、異変を悟った。

そして一階ずつ巡回し、三階で男性の刺殺体を発見した。

彼は非常階段前の廊下で息絶えていた。次いで警官は、三〇二号室に、もう一人の刺殺体を発見する。

数分後、機動捜査隊が到着した。

巡査部長はほっとした。ふだんは交通事故と、児童への声かけ事案をさばくのがせいぜいの平和な田舎署である。殺人現場の保存には不慣れだった。喜んで、あとを引き渡した。

遺体の身元は、すぐに知れた。

一人目は当ホテルでアルバイトをしていた地元の大学生。二十一歳。

二人目は三〇二号室の宿泊客である男性会社員。四十四歳。

両名とも、鋭い刃物による失血死だった。心臓や頸動脈などの急所を正確に狙われていた。苦しまず死んだらしいのが、せめてもの救いであった。

警察がホテル内の防犯カメラ映像を精査した結果、以下のことがわかった。

まず十時六分、くだんの九〇六号室の宿泊客らしき男女が部屋を出る。

彼らはエレベータで三階に降りた。女のほうが、三〇一号室をノックする。しかし応答がなかった。女はつづいて三〇二号室をノックした。

三〇二号室のドアが、中から開いた。

と同時に、ドアスコープの死角にいた男が動いた。刃物を抜いて、素早く三〇二号室に押し入った。女もドアの中に消えた。時刻は十時九分である。

アルバイトの大学生がフロントを離れ、三〇二号室を訪れたのが十時十二分。

そして一分と経たぬうち、ドアがふたたび開く。男に刃物で脅されながら、大学生が出てくる。女がそのあとを追う。

非常階段の前でやや時間を取ったのち、男が大学生を刺殺。男女はともに非常階段を使って逃走。時刻は十時十四分だった。

ほとんどタイムロスのない、すばらしく手際のいい犯行だった。

「つまり、こういうことらしい」

報告を受けた新潟県警の捜一《ソウイチ》課強行犯係長は、部下に語った。

「手配犯は千葉の殺し以後、連れ歩いている人質——飯島市果、二十六歳——を使って、色仕掛けで三〇二号室のドアを開けさせた。室内へ押し入り、宿泊客を刺殺。その後フロントに内線をかけ、従業員である大学生をおびきだし、刃物で脅して非常階段の警報装置を切らせた。用済みの大学生は刺殺。二人は非常階段から逃走した」

なお駐車場からは、三〇二号室の宿泊客のセダンが消えていた。

Nシステムを確認させたが、該当ナンバーのセダンは、最寄りのバイパスや高速から発見できなかった。

「埼玉での手口からして、手配犯はナンバープレートを付け替えたものと思われる」

強行犯係長は言った。

だが収穫もあった。九〇六号室と三〇二号室から採取できた指紋が、警察庁のビッグデータにヒットしたのだ。

――山村誓《やまむらせい》、三十三歳。

二十一歳のとき、福井県にて住居侵入罪で逮捕され、指紋を取られている。ただしこのときは、検察の判断で不起訴に終わった。

資料によれば母親は静岡県生まれ。父親は不明。

母親が出生届を出さなかったため、十歳までを戸籍のない幽霊として生きる。酒と薬物に溺れる母とともに、学校へも行かずに全国を放浪して歩いた。

行政に保護されたのは、いまから二十三年前。

契機は母親の死である。戸籍ができ、「山村誓」とはじめて名前が付いた。

とはいえ十歳という年齢は自己申告であり、誕生日もあやしい。

保護されたときの書類には、

「極度の栄養失調により年齢不詳。体軀は六、七歳程度だが、顔つきは十一、二歳とも取れた。学力はごく低く、ひらがなが読める程度。しかし発語能力と運動能力は発達しており、知能に著しい問題はない」とある。

十二歳のとき、児童養護施設から児童自立支援施設へと措置変更。理由は「たび重なる窃盗」。自立支援施設入所後は、大きな問題は起こしていない。しかし対人関係は不安定なままだった。施設職員の評価は、

「消極的。無気力。非社交的。暴力的傾向は薄いが、ごくまれに暴発する。怒ると女言葉になる。盗癖あり。言動その他に、性的混乱が見られる」

であった。


これらの情報は刑事局長の意により、全県警に共有された。

と同時に広域重要指定事件として、全県全署の合同捜査が決定した。番場茂隆も、この報せを埼玉県古笛署において受けた。

そして数日後。

「――はい、生安課」

卓上の警電を取った番場は、耳もとで旧友の声を聞いた。

「おれだ」

二階堂であった。返事を待たず、彼はつづけた。

「例のあれだ。新潟県警から連絡があった」

思わず番場は、受話器をきつく握った。

例の犯人が新潟で発見され逃走したこと、山村誓なる女装の男と判明したこと、千葉で消えた飯島

市果が生きていたこと等は、すでに把握していた。

だが番場がいまもっとも注視するのは、べつの、ある一点だった。

――ホテルの遺留品。

逃走を急いだ山村誓は、同ホテルの九〇六号室に荷物のあらかたを残していた。

その中には関賢太郎から奪った帯封付きの二百万円もあった。まったくの手付かずで、無造作に紙袋に入れられていた。

同様に九〇六号室には、飯島市果の所持品も多く残されていた。

全都道府県警に「情報共有を徹底せよ。例外はない」と命じた刑事局長は、これらの遺留品情報をも全都道府県本部に公開した。

そして番場は、現場写真の中からそれを見つけた。

彼は二階堂にのみ打ちあけた。

「おれは、信じられんものを見た」と。

二十四年前に消えた、娘の手がかりだ。飯島市果の遺留品の中から、それを見つけだしたのだ――と。

ベビーリングだった。

ネックレスらしき、プラチナの鎖に通されていたという。

証拠品のリストにはこうあった。

「プラチナ製。〇・〇一カラットの石付き。内側に〝1999.5.30. S.B〟の刻印あり」

芹香がさらわれた際、ともに消えたベビーリングだ。

特徴が完全に一致していた。

ホテルの防犯カメラがとらえた飯島市果を、番場は何度も何度も、穴が開くほど視認した。

彼女は磨きあげたように美しくなっていた。

千葉で失踪したとき、市果は地味づくりで平凡だった。しかしいまは、匂いたつような女性に変貌していた。若い頃の香南子に、どこか似ている気がした。

たとえば、と番場は脳内で仮説を立てた。

――たとえばわが子を亡くしたばかりの母親が、発作的に芹香をさらい、自分の子の後がまにした。

そう考えることはできまいか。

芹香は生後わずか十箇月だった。約八キロの重みはあれど、バッグなどに詰めて運ぶことはできたはずだ。可能性は充分だ。

「――聞いてるか？　続報だ、番場」

耳もとで、二階堂が繰りかえす。

「例のベビーリングに嵌めこまれた石は、ツァボライトとかいうやつだった。別名、グリーン・グロッシュラー・ガーネット。五月三十日の誕生石だ。梨型にカットされていた」

番場の肩から、どっと力が抜けた。

――間違いない。

そう思えた。なぜって、店員にも当時言われたのだ。

エメラルドのほうが誕生石としては一般的で、カットはプリンセスかブリリアントが圧倒的人気です。ですからこちらは稀少なタイプになりますね、と。

「……すまん」

声を押しころし、番場は言った。

鼻の奥がつんと痛んだ。

「手間をかけさせた、すまん。——ありがとう、二階堂」

「礼ならおれじゃなく、刑事局長に言え。局長が、情報共有の徹底を厳命してくれたおかげだ。そうでなかったら田舎署のおれごとき、県警捜査員さまに洟もひっかけられんかった」

だが言葉とは裏腹に、二階堂の声も潤んでいた。

「ありがとう」

番場はいま一度言った。

「まだ半信半疑だよ。でも変な話、誤報だっていいと思ってる。夢でも、錯覚でもいいって気分だ」

——なんの音沙汰もなかった、この二十四年間に比べたら。

「ありがとうな、二階堂。いまのおれに、希望をくれて、ありがとう……」

もはや照れも感じなかった。己の体面や見栄などどうでもよかった。

番場は顔をくしゃくしゃにし、警電の送話器に向かって礼を言いつづけた。

第五章

1

三〇二号室の宿泊客から奪ったセダンは、早々に乗り捨てた。大型スーパーマーケットの駐車場に停め、防犯カメラの死角を狙って代わりの車を盗んだ。

そうやって乗り継いだ四台目の軽バンに、いま市果とセイは乗っている。

「車中泊するなら、あれがいい」

とセイが目を付けた車だった。手際よく針金でドアを開け、市果にはわからぬ二本のワイヤーを直結させてエンジンをかけた。

「イノリはセイのこと、『弱いから殺すのも奪うのもできない』って言ってたけどさ。車泥棒はうまいよね」

市果が言うと、セイは短く答えた。

「イノリは、車に詳しくない」

すこしずれた返答だ。しかし市果は指摘せず、助手席に乗りこんだ。

軽バンのカーナビはフルセグ対応で、テレビが映った。あちこちのチャンネルでニュースを確認したが、やはりセイたちの報道はなかった。

「広域指名手配はしたけど、大々的な報道はひかえさせてる、って感じなのかな」

市果はひとりごちた。

ハンドルを握るセイは答えない。

「……二百万、持ってこれなかったね」

言いながらネックレスのトップに手をやろうとして、市果ははっとした。

鎖がない。二百万と同様、ネックレスもホテルに置いてきてしまったことに、そのときはじめて気が付いた。

「どうした？」

ようやくセイが彼女を見る。

「宝物……置いてきちゃった」

市果は呆然と、声を絞りだした。

宝物。そうだ、ずっと大事にしてきた。心のよすがだった。

同時にあの鎖は、母の形見でもある。母が「こうして首にかけてなさい」と言い、首の後ろで留めるやりかたを教えてくれたのだ。

——ネックレスと、トップの輪。

ついに失くしてしまった。

イノリの首にかかっているうちは、まだ安心だった。どこにあるか把握できたから。

母。はーちん。職場。アパート。そしてついに、宝物まで失った。

「もう、戻れない」

気まずそうにセイが告げた。

「取りには戻れない。諦めろ」

「うん……」

市果はうなだれた。

「わかってる」

頃合いの小路で、セイは軽バンのナンバープレートを付け替えた。

次いで百円ショップに行き、変装用の伊達眼鏡、帽子、ワンタッチエクステなどを買った。

これで所持金は、九万七千二百十八円となった。

二人はオービスやNシステムを避け、下道を選んで走った。

「新潟はまだ、桜が見れるね」

車窓を流れる景色が美しいのが、皮肉だと思った。と同時に喜ばしくもあった。どうせ眺めるなら、醜いものよりはきれいなものを見たかった。

その日は一晩じゅう走り、朝を迎えてから道の駅で休んだ。

道の駅には売店があり、トイレがあり、シャワーがあった。無料Wi-Fiもあった。置き引きしたタブレットで、市果は逐一ネットニュースを確認した。足が付かぬよう、小一時間使ってから捨てた。

二人は軽バンの後部座席を倒してフルフラットにし、百円ショップで買った保温アルミシートとブランケットにくるまって寝た。

翌日は、車を乗り換えた。

やはり軽バンだった。同じように夜じゅう走り、陽が昇る頃、同じように道の駅の駐車場で休んだ。

ネックレスと違い、わざと二百万を置いてきたことを、市果は黙っていた。

彼女は言葉ではあまり嘘をつかない。いつもただ、黙っているだけなのだ。


「なに食べた？」

車へ戻ってきたセイに、市果は短く尋ねた。

「山菜そばと、ミニかつ丼のセット」

「いいね。わたしも山菜そばにしよう」

二人連れは警戒されるかもしれないと、食事は交替で取っていた。

セイが帽子を脱ぎ、伊達眼鏡をはずす。その眼鏡はすぐ市果の鼻にのった。ワンタッチエクステを着け、あまった髪をピンで留めてポニーテールを作る。窓はすべて、日よけシートやアルミシートでふさいであった。

「ソフトクリームも食べていい？」

「ああ」

セイが財布から千円札を抜き、市果に渡す。

道の駅のそばはだいたい六百円くらいで、ソフトクリームは三百五十円くらいだ。ちょっと考えてからセイは「消費税ぶん」と言い、二百円を足した。

——この数日、イノリが出現しない。

運転の機会が多いからだろう。それにまだ所持金がある。持ち金が三万円を切った頃が、イノリの出番かもしれない。

「いってきます」

セイに告げ、市果は軽バンから降りた。

空気がひんやりと澄んでいた。空の青は目に痛いほどだ。桜だけでなく、白木蓮《はくもくれん》やミモザ、連翹《れんぎょう》も満開だった。世界に色彩が溢れている。

壁に貼られたポスターを眺めつつ、市果は山菜そばを啜った。そばつゆが辛めで、出汁がよく効いておいしい。

ソフトクリームは地元の牛乳を使った特産品で、濃厚だった。ベンチで陽を浴びながら舐めた。生垣の山茶花《さざんか》に、蜜蜂が群れ飛んでいた。

——セイも、人間になりつつある。

ぼんやり市果は思った。

市果は長らく勘違いしていた。イノリが人間らしくなり、強さを増したぶん、セイが弱まるのではと思っていた。

しかし違った。

どうやらセイとイノリは、シーソーの関係ではないのだ。多重人格としてはやはり稀なタイプだ。片方が強まればもう片方が弱まるのでなく、両方とも強くなる。イノリが人間になれば、セイもまた人らしくなっていく。

垂れてきたクリームを舐めとり、市果はあたりに目を配った。

手を繋いだ親子連れが、すぐ横を笑顔で通り過ぎていった。鮎《あゆ》の塩焼きや、玉こんにゃくの幟《のぼり》が風にはためく。若いカップルが直売所で野菜を買っている。

ひどく平和で、退屈な光景だった。

その夜はセイが「眠い」と言ったため、午後十一時ごろに道の駅に泊まった。遠まわりをし、ジグザグに走りながらも、二人は着実に北上していた。明日には県庁所在地に入るだろう。

後部座席をフルフラットに倒す。すべての窓を、内側からアルミシートで目かくしする。すでに慣れた動作だった。一分とかからなかった。

倒したシートにブランケットを敷き、二人は向きあって座ると、閉店前のスーパーで買いこんだ夕飯を並べた。

「秘密基地みたい」

市果は言った。

「こういうの、けっこう楽しいね。まだ蚊もいないし」

メニューはいつものようにめちゃくちゃだった。鰤《ぶり》の刺身。玉子どうふ。たこ焼き。ポテトサラダ。揚げしゅうまい。柴漬け。カツサンド。おにぎり三個。

「いただきます」

「いただきます」

缶チューハイも買った。車での逃避行をはじめてから、二人はアルコールを飲んでいなかった。ひさしぶりのお酒である。

市果がグレープフルーツ、セイがレモンを飲んだ。度数は、どちらの缶も十三度だった。

「ポテトサラダ、おいしい。……意外とこういうのもご当地の味っていうか、県によって差があるね。鰤がおいしいのは、海沿いだから納得だけど」

「刺身は、差がはっきりわかるな」

セイとの会話は、イノリと違ってテンポがゆっくりだ。ぽんぽんと軽妙な会話とはいかない。酔いも手伝って、妙に気だるい。

「さすがに柴漬けは――」

全国共通、と言いかけたところで、市果は息を呑んだ。

外で物音がしたからだ。身を硬くし、しばし耳を澄ます。

人の気配がした。複数だった。会話らしき声も聞こえる。しかし、すぐに遠ざかっていった。

ほうっと息をつき、市果は箸を握りなおした。

「怖いか」

セイが低く問う。

「そりゃあそうでしょ」

言いかえし、市果は缶に口を付けた。

怖いに決まっている。自分でもびくついていると思う。だって、情報が足りない。もっと美雨ちゃんのSNSを探り、モリタさんやハヤシさんのSNSを確認したい。知人のSNSは情報の宝庫だ。

――そして情報は、力だ。

金や政治や腕っぷしが力であるのと同じくらい、いや、ときにそれ以上に強い。ペンは剣よりも強し、だっけ？　たぶんそれと同じようなことだ。

「追われるのは、怖いよ。……ていうか、怖がらなきゃ駄目だと思う。怖くないなんて思って、油断するほうがよくない」

「だな」

セイはあっさり同意した。

「それは、わかる。臆病なやつのほうが長生きする。おれが施設で一緒だったやつらがいい証拠だ。腕力があってイキってたやつほど、さっさと死んでいった」

達観したような口調だった。

車内に数秒、沈黙が落ちる。

やがて破ったのは、セイのほうだった。

「――あの、映画」

「え？」

「やっぱり――泣いたのは、おれな気がする」

唐突な話題の転換に市果は戸惑い、しばしののち思いあたった。

「それって、『レナードの朝』のこと？」

セイは答えなかった。だが、ひどく雄弁な沈黙だった。

「誰のために、泣いたの」

市果は問うた。

「レナードのため？　それとも、ポーラのため？」

「わからない」セイが首を振る。

「でも、おれが悲しかった」

素直な声音だった。

「あの二人に、離れてほしくなかった。だから……悲しかったんだと、思う」

――やっぱりセイは、人間らしくなっている。

映画を観て登場人物に共感し、涙するまでに成長している。むしろ市果よりも人間らしい。いいシーンだとは思っても泣けない彼女より、よほど情が深い。

市果は確信した。

「人のために……」

市果は声を落とした。

「他人のために、泣けるんだね」

真横から、セイの腕が伸びてきた。

抱き寄せられるのを、市果は感じた。

セイの体温。すこし伸びた髭の感触。道の駅のシャワーブースにあった、自分と同じボディソープとシャンプーの香り。ほんのわずかな汗の匂い。男女の体格の差。腕と肩の筋肉。

「――待って」

誰かいる、と市果はささやいた。

セイの腕の中で、外の気配に意識を集中させる。

笑い声。足音。若い男たちだ。酔っぱらいかもしれない。中を覗かれるかも——。

息づまるような静寂がつづいた。

だがやがて、気配は去っていった。

セイが市果を放し、窓のアルミシートをずらして外をうかがう。離れたのを確認してか、安堵の顔つきになる。

「やっぱり……やっぱり、情報がなきゃ駄目だよ」

震える声で市果は言った。

「テレビやラジオの情報だけじゃ、全然足りない。明日はネカフェに行こう。使ってない運転免許証、まだあるよね？　イノリのメイクと髪型を変えて、新しい会員証を作って入ろう。——このままじゃ、疑心暗鬼で潰れちゃう」

2

長い有給休暇をもぎとり、番場は新幹線で新潟入りした。

休めるよう生安課長に口添えしてくれたのは、刑事課の岬課長だと聞く。岬課長の一期後輩にあたる副署長も味方してくれたらしい。もちろんその陰には、二階堂の助力もあっただろう。

「香南子さんには？　話したのか」

「いや、まだ言ってない」

二階堂の問いに、番場は首を振った。

「ぬか喜びに終わったら、かわいそうだしな。もうすこしはっきりしてから打ちあけるよ」

「そうか。それがいいな」

二階堂は「土産代だ」と三万も包んでくれた。

「おい！　どんな高い土産を期待してるんだ」

「まあまあ、どうせ行くんだから美味《うま》いもんでも食ってこいよ。——いい報せが、一番の土産だ。頼むぞ」

新潟に親戚はいないので、来るのははじめてだった。大宮から目当ての浦佐《うらさ》駅まで、新幹線でたったの一時間なことに番場は驚いた。

浦佐駅からは普通電車で移動した。

四人掛けのボックス席で、番場は飯島市果についての資料を読みこんだ。

——飯島市果、二十六歳。

資料によれば、両親は埼玉県蕨《わらび》市で結婚している。姉が一人いる。

父親は消防士だったが、不祥事で依願退職に追いこまれてのち、酒に溺れるようになった。それまで専業主婦だった母親は、パートなどに出て家計を支えた。

姉の美雨が三歳のとき、父親が死去。

この前年に、母親は市果を産んだはずだ。しかし美雨のときとは違い、健診などに行った形跡はいっさいない。一説では鬱状態だったとも言われる。産婆を呼んで自宅出産でもしたのか、ともかく市果の出生届は提出されなかった。

出産から二年後、母親は娘たちを連れて放浪生活に入る。美雨は四歳、市果は二歳になっていた。

その後の足取りはほぼ不明である。

市果と美雨が行政に保護されたのは、約四年後のことだ。

ラブホテルで突然死した母親のそばで、抱きあうように二人でうずくまっていたという。

姉妹は児童養護施設に送られ、就学した。

姉の美雨は、情緒不安定かつ反抗的な性格だったようだ。非行や飲酒で何度か補導された履歴がある。のちにアルコール依存症で入院してもいる。

一方の市果はおとなしく、周囲との摩擦はほぼなかった。

市果は十八歳で普通科高校を卒業し、その後は施設の紹介で派遣会社に登録。

印刷会社の事務員、テレフォンアポインターなどを経て、近年はテクニカルサポートセンターで働いていた。千葉事件の被害者である関賢太郎、伊勢友菜、武石今朝子は、このサポートセンターの同僚である。

なお姉の美雨は二年前に結婚し、現在は山形県に住んでいる。

——似ている。

番場は眼鏡をはずし、眉間を揉んだ。

山村誓と飯島市果の生い立ちは似ている。

二人とも恵まれぬ生い立ちで、親の勝手で放浪生活を強いられた。かつ親の無残な死を目撃し、その後は施設で育っている。

——山村がなぜ彼女を生かしておいたか、わかった気がする。

そして市果がなぜ、山村にさからわずに唯々諾々《いいだくだく》と付いていくのか、もだ。

おそらく二人は対話をした。その間になんらかのシンパシーが生まれた。

――ストックホルム症候群。

ドラマや映画などで広まった言葉だ。籠城《ろうじょう》や誘拐事件などで、人質が犯人に好意を抱いてしまう心理状態を指す。

ただしこの心理は、すべての籠城、誘拐で生まれるわけではない。ひとつには犯人と人質が接する時間が長いこと、もうひとつに暴力や虐待がないことが条件とされる。

そしてあまり知られていない事実として、〝犯人に好意を抱く〟以外の現象も起こる。被害者が犯人に寄り添うあまり、警察などの外界に敵意を抱くのだ。

ストックホルム症候群の語源となった事件は、一九七三年にその名のとおりストックホルムで発生した。銀行強盗が人質を取っての立てこもり事件だった。

立てこもりは百三十一時間にも及んだ。これは犯人と人質らの間に、心理的つながり《ラポール》を作るには充分な時間だったようだ。

人質は犯人が寝ている間、彼に代わって警察に銃口を向けたり、はたまた警察の呼びかけに「彼（犯人）はわたしたちを守ってくれているんだ」と答えたりした。

この心理は犯人が逮捕されてからもつづいたようで、人質のうち二人は犯人のために救援資金を集め、一人は犯人と結婚した。

もうひとつ有名なのが、パトリシア・ハースト事件である。

パトリシアは新聞王ウィリアム・ランドルフ・ハーストの孫娘で、誘拐された当時は大学二年生の十九歳。犯人はＳＬＡと名のる過激派グループだった。

二箇月後、ハースト家ならびに一般大衆は驚愕する。

ＳＬＡがサンフランシスコの銀行を襲った事件において、誘拐されたはずのパトリシアが銃を持って強盗にくわわる姿が防犯カメラに映っていたのだ。

さらに二箇月後、ＳＬＡは放送局に声明を送った。パトリシアが正式に組織の同志になったと宣言するカセットテープと写真であった。パトリシアはみずからをタニアと名のり、「死を恐れず最後まで戦う」と宣言した。

だが彼女の洗脳は、さいわい逮捕後に解けた。その後はもとどおり富豪の娘として、幸せに暮らしたようである。

――人間の心理とは、不思議なものだ。

車窓に流れる景色を見ながら、番場は思う。

不思議な一方で、理にかなっているとも言える。すべては生存本能のなせるわざだ。生きのこるために、脳が己の精神をだますのである。

――だから、飯島市果は悪くない。

犯人に従うばかりか、ときに犯行に協力までしてしまうこと。逃げようとする気力を失うこと。目の前に逃走のチャンスがあっても生かせないこと。犯人に共感すら抱いてしまうこと。すべて自然に湧く心理だ。

窓の外を、絢爛《けんらん》な花霞が流れていく。

土手沿いに植わった桜並木だ。まるで薄紅の雲のようだった。

――なぜ市果の母親は、放浪の旅に出た？

番場は考えた。

飲んだくれの夫を亡くしたあと、彼女は無気力状態に陥ったらしい。しばらくは夫の生命保険で暮らしたが、近所付き合いなどはまったくなく、まともに育児できていたかも疑わしい。

事実、当時の近隣住民は、

「子ども？　いたかどうか知らない。近所付き合いはまったくなかったし、赤ん坊の声より、まわりの酔っぱらいがうるさかったからわからない」

と証言している。

――母親は、〝本物の市果〟を事故で亡くしたのではないか。

まぶたを下ろし、番場はそう仮説を立ててみる。

なぜ死んだかはわからない。きっと不慮の事故だろう。ともかく、すでに夫を失った彼女には耐えられぬ打撃だった。彼女には〝新たな市果〟が必要だった。

――それが、芹香ではなかったか？

あのショッピングセンターの女子トイレで、彼女は芹香を見つけた。そして、連れ去ったのではないだろうか。新たな市果、新たな次女として。

飯島市果は二十六歳。

一方の芹香は、生きていれば二十五歳だ。

――母親の出奔の理由は、そこではないか？

いくら滅多に姿を見ない子どもでも、二歳の子が十箇月の赤ん坊に替わっていれば、いずれ誰かがあやしむ。

それを恐れて彼女は、夜逃げ同然にアパートを出、あてのない放浪生活に入ったのではないか？

むろん、すべては仮説だ。番場にとって都合のいいストーリィとも言える。

だが現に、姉妹を保護した女性職員はこう証言した。

「二人とも、とても不潔で痩せていました。実年齢を聞いて驚いたくらいです。とくに姉のほうは、ひどい発育不良でした」と。

──飯島市果が童顔で若く見えるのは、いまも幼少期の栄養不足を引きずっているせいか。

そして美雨の写真を見る限り、姉妹はあまり似ていないようだ。

いや、この考えはあてになるまい。番場は己を戒《いまし》めた。

女性は化粧で変わる。千葉にいた頃の市果と、防犯カメラが最後にとらえた市果の印象が違うのがいい証拠だ。

──おれは、赤ん坊の頃の芹香しか知らない。

番場は目を閉じたまま、仰向いた。

あの子の寝顔。顔を真っ赤にした泣き顔。それしか知らない。二十四年を経れば、あの顔は飯島市果の顔になり得るだろうか？

わからなかった。いまはただ、祈るしかなかった。

──どうかあのベビーリングが、飯島市果の所持品でありますように。

山村智が過去の被害者、つまり過去に殺した者から奪った〝戦利品〟ではありませんように。

祈りながら、番場は目をひらいた。

電車は次の停車駅に向け、スピードを落としつつあった。車内にアナウンスが響く。

「今日もJR東日本をご利用くださいまして、ありがとうございます。まもなく××。××。お降りの際は、お近くのドアボタンを押してお降りください……」

電車が停まり、扉がひらいた。風があえかな花びらを運んで吹きこむ。

薄っぺらで白く、はかない花弁だった。

3

ネットカフェでは、すんなりと新たな会員証を作れた。選んだ部屋は、いつもの一番安いフラットシートだ。

入店時刻は午後一時三十六分。

どこかのブースから、男性の大いびきが響いていた。

市果とセイは、ブース内で十分ほど様子をうかがった。しかし店内がばたついたり、誰かが通報した気配はなかった。市果はパソコンを指し、

「先にシャワーと洗濯、行ってきて」

とセイに頼んだ。

「わたしはまず情報を仕入れたい。そうでないと、落ちつかない」

セイはとくに反論せず、溜まった洗濯ものを抱えて出ていった。

市果はドリンクバーのコーヒーでカフェインを補充してから、パソコンを立ちあげた。まずはポータルサイトでニュースを確認する。

めぼしい新情報はなかった。

やはり二人の指名手配は、マスコミ各社に伏せられているようだ。

市井の混乱を恐れてのことか、イノリたちを油断させるためかはわからない。ただ、不気味さは感じた。水面下で静かにじわじわと包囲網を狭めていく、警察の自信と余裕を感じた。

――追うほうが、圧倒的に有利だ。

市果は無意識に爪を噛んだ。

しかも向こうは公権力だ。あらゆる手段で市果たちを追い、情報をコントロールできる。一方のこちらは、マスコミを通してしか手の内を知るすべはない。圧倒的に不利だった。

ふたたび市果は爪を噛んだ。今度はだいぶ深いところまで噛んでしまった。いらいらする。苦い焦燥が胸を焼く。

指を胸もとにやった。しかしネックレスの感触はなかった。

市果は次いで、サポートセンターの公式アカウントに飛んだ。ここからフォロワーをたどっていけば、モリタさんやヒライさんのアカウントに繋がる。

まずはモリタさんだった。彼女は一連の事件について「いまだに信じられない」と書き、

「センター長とその彼女はわかるけど、Tさんまで？」

「Iさんがかわいそう」

と綴っていた。さすがにSNSじゃ「カシワ」とは呼ばないな、と市果は変なところに感心した。

ただモリタさんの書きぶりからして、センター長は容疑者から除外されたようだった。警察にも周囲にも、犯人と見なされていないと察せられた。

だが不倫はさすがに不問にできなかったようで、カシワとイセさんの両遺族が、弁護士を連れて会社にやって来たという。

一連の騒動を「訴訟沙汰になるらしい」と匂わせたのはハヤシさんだ。でも誰が誰を訴えるんだろう、と市果は首をかしげた。

民事で訴えるにしても、成人同士の合意での不倫ではないか。それとも監督不行き届きで、会社を訴えでもするのだろうか？

——やっぱり、全然悲しくないや。

市果はぼんやり思う。

イセさんの死が、カシワの死が、センター長の死が、いまだになにひとつ悲しくない。ひとつも胸に迫ってこない。

子どもの頃からずっとそうだ。知人の生死すら、遠い。

次にヒライさんのアカウントへ移る。彼女は市果をやけに心配していた。

「Iさんは以前から、そういうふうに貧乏くじを引くところがあった」だの、「人にいいようにされやすいタイプ」だのと書き、

「Iさんがセンター長に目を付けられてるって、わたしは勘付いてたのに。もっと本気で注意するべきだった」

と悔やんでいた。また「Iさんはか弱いから」「過呼吸のこともあったし、心配」ともツイートしていた。

——わたしがこんなに図太く生きてると知ったら、ヒライさんはどんな顔するかな。

さすがに苦笑が湧いてきた。心配してくれてるのにごめんね、と心中で掌を合わせる。

該当のツイートに付いたリプライを見ようと、クリックした瞬間。

市果は手を止めた。

まったく予期せぬ文章がそこにあった。

市果への呼びかけであった。

「I・Iさん、DMをください。以下についてお話ししたいです。○・○一C。梨。ツァボ。1999.5.30. S.B」

——誰？

顔からすうっと血の気が引くのが、自分でもわかった。

——誰なの？

暗号のようなリプライの文意は、すぐにわかった。○・○一カラットの梨型ツァボライト。内側にある1999.5.30. S.Bの刻印。

——わたしの宝物。わたしのネックレストップ。

赤ちゃんの指に嵌めるような、ちっちゃなリングだ。

呼びかけの「I・Iさん」は、飯島市果で間違いあるまい。この誰とも知れぬアカウントは、市果に「ダイレクトメッセージをよこせ、話したい」と要求している。

——ネックレストップについて知っているなら、ただの野次馬ではあり得ない。

警察だろうか？

でも刑事にしては、やりくちが迂遠すぎる。ではマスコミか？

——無視しよう。

市果は己に言い聞かせた。

こんなあからさまにうさんくさいやつ、応じられるわけがない。馬鹿げてる。反応するなんて自殺行為だ。ああ、でもわたしの宝物。

——あれの行方を、この人は知っているかもしれない。

セイが戻る様子はなかった。洗濯は時間がかかるから、長椅子で居眠りでもしているのだろうか。迷った末、市果は自分のブースをそっと出た。

大いびきのもとを捜す。さいわい近かった。扉の下側から覗くと、三十代の営業マンとおぼしき男が仰向けで熟睡していた。

市果はあたりをうかがいながら、ブースの扉をそっと開けた。床に横に転がっているスマートフォンを引き寄せ、男の手に近づける。

指紋認証でロックがはずれた。市果はスマートフォンを握ったまま、静かにブースを出た。扉をもとどおり閉める。そのまま、女子トイレに駆けこんだ。

個室の洋式便器に座っても、まだどきどきしていた。

震える指でSNSアプリを立ちあげる。ふたたび、ヒライさんのアカウントにアクセスする。

急遽取得したフリーメールで、市果は捨てアカウントを作成した。アカウント名はすこし考えて『祈里』にした。

例の「I・Iさん、DMをください」のリプライを送ったアカウントを、フォローする。向こうもフォロワーゼロの捨てアカだった。

驚いたことに、フォローして一分と経たぬうち、ダイレクトメッセージに着信の数字が灯った。

——待機してたんだ。

覚悟を決め、市果はメッセージをひらいた。

「I・Iさんですか？」

予想の範囲内の問いだ。市果は返信を打った。

「あなた、誰？」

しかし向こうは答えず、質問を重ねてきた。「I・Iさんですか？」

「そうだと言ったら？」

「すぐには信じられません」

「それ、こっちの台詞なんだけど？」

一瞬、市果はかっとなった。

「あなたこそ冷やかしの野次馬なの？　マスコミなの？　どっち？」

「どちらでもありません」

「証拠は？」

「こちらには一定の情報が手中にあると、すでに提示しました。ただの野次馬には知り得ない情報です。次はそちらの番でしょう。まず生年月日は？」

市果は迷った。だが、結局は答えることにした。ここで引くなら、スマホの窃盗までした意味がない。

「一九九八年九月十四日」

向こうの返信は早かった。

「では、こちらが送った『梨。ツァボ』の意味は？」

「梨型ツァボライトでしょ。例のリングに付いてる石」

「内側の刻印〝S.B〟の意味はおわかりですか？」

「意味？　スペシャルとかバプティスマとか、そういうのだろうって施設の先生は言ってました。逆に訊きますが、あなたは知っているとでも？」

メッセージを打つ手が、こまかく震えた。

知ったふうな相手の言いぐさが、妙に心を揺さぶった。矢継ぎ早に市果は打った。

「あなたは、誰？　わたしのネックレスを持ってるの？」

「だったら返してください。大切なものなんです。施設でも、あれだけは見のがしてもらえた。母の形見で、宝物です。お願いします」

「マスコミの人なの？　特ダネがほしいの？」

返信は、しばらくなかった。

次に送られてきたのはメッセージでなく、画像だった。名刺の画像だ。

次いでメッセージが表示される。

「当方、埼玉県古笛警察署生活安全課の番場茂隆と申します。お疑いなら、古笛署に電話して在籍を確かめてください」

市果はアプリを閉じた。

だがすぐにまた立ちあげた。手早くアカウントを削除する。フリーメールを作った履歴も消去した。

――警察?

でも警察が、こんなコンタクトの取りかたをするだろうか。嘘っぽい。信用できない。どちらにしろ、接触したのは間違いだった。馬鹿なことをした。

――このスマホ、どうしよう。

市果は手の中のスマートフォンを見下ろした。

水没させるべきだろうか。でも「盗まれた」と騒がれるより、そっと戻したほうがいいかもしれない。あの男はまだ眠っているだろう。ブースの下から、滑らせるようにして戻そうか? それとも落としものを装い、受付に届けるか?

悩んだ末、結局はドリンクバーの棚に置いて去った。

きっと誰かが受付に届けるか、店員が回収してくれるだろう。よけいなことをして、店員に顔を覚えられたくない。

自分たちのブースに戻ると、セイが戻っていた。

パソコンでゲーム中の彼に市果は言った。

「出よう。……すれ違った店員が、わたしの顔を見てた気がする」

嘘だった。しかしセイは顔いろひとつ変えず、ゲームを中断して腰を上げた。まるで執着のない動作だ。瞬時の移動に慣れきっていた。

約三十分後、二人は同系列のネットカフェへと腰を落ちつけた。

夜になり、セイが眠ってから、市果はふたたびパソコンに向かった。

警察を名のったあの人物が、気になってたまらなかった。

——あの人はわたしに、個人的な興味を抱いている。

逮捕しようという意気込みより、興味のほうを強く感じた。その事実が、喉の小骨のように引っかかっていた。

削除したSNSアカウントを、市果は復活させた。

運営に凍結されたアカウントは戻せない。しかしみずから削除したアカウントなら、簡単に復活できる。

——冷静に考えれば、警察だってSNSですぐに居場所は割り出せない。

まずはプロバイダに開示請求をかけ、それが通ってからやっと位置情報が知れるのだ。その頃には、市果たちはこの店にはいない。むしろこうしてSNSで接触することで、逆に攪乱《かくらん》できるかもしれない。

——いや、違う。こんなのはただの言いわけだ。

あえて接触する自分を正当化しようと、ぐちゃぐちゃ理屈を付けているだけだ。

自覚はある。警察を出しぬけるなんて、本気で思っちゃいない。なのに、マウスを使う手を止められない。

——いまなら、あと戻りできるんじゃないか。

そんな気がした。もしあの人がほんとうに警察官で、ほんとうにわたしに好意的ならば、だ。

逮捕されたとしても、温情をかけてもらえるかもしれない。ストックホルム症候群だったと強く主張すれば、重罪にならぬよう検察にかけあってくれる可能性はある。

――でもそのためには、イノリを裏切らなくちゃいけない。

迷いながら、市果はダイレクトメッセージをひらいた。そして文章を打った。

「生活安全課の人が、なぜわたしのネックレスを持ってるの」

応答をじりじりと待つ。

数分と待たず、答えがあった。

「警察は、きみを罪に問うつもりはない。ストックホルム症候群の状態にあると理解しています」

まさに望んだ答えだった。しかし市果は苛立ちを覚えた。

「知ったふうなこと言わないで」

自分でもよくわからぬ感情だった。

「警察なんか、わたしのことなにも知らないくせに」

しかし相手は冷静だった。

「いまどこにいるか、教えてください」

「無理。そんなことできると思う？」

「できないなら、自首してください」

こともなげなもの言いだった。

「一人で自首する勇気がないなら、当方が付き添います。きみは犯行に協力することで、山村の信用を得てきたはずだ。彼の目を盗んで逃げることも可能でしょう。待ち合わせ場所を指定してくれれば、当方はどこにでも行きます」

「あなたこそ、いまどこにいるの？」

市果は問うた。そして返ってきた答えに、息を呑んだ。

まさに新潟だ。しかも二十キロ圏内である。

「わかっています。山村は、きみの退屈で孤独な日常に、きらめく非日常をくれたんですよね？」

番場と名のる男が、ずばりと切りこんできた。

市果は唇を噛んだ。

番場のメッセージがつづく。

「彼といるだけで、強くなれた気がした？　彼が人を殺すのを横で見ていると、不思議な高揚を覚えた？　自分じゃない自分になれた？　わかります。でもそれは、すべて錯覚です。不安と恐怖で揺れた感情を、興奮と取り違えただけだ。

きみは自分の脳にだまされている状態です。山村との間に生まれたと思っている絆も、共感も、情愛も、脳が生んだまぼろしに過ぎない。きみを生きのこらせるため、異常な環境に順応させるために、きみの脳が見せた錯覚です」

「ほうっておいて」

震える手で、市果はキーボードを叩いた。

「イノリといると、楽しいの」

「楽しい？」

「うん。そう、楽しい。彼女と一緒にいると頭がクリアになる。自分がほんとうにほしかったものがなんなのか、わかっていく。理解できていくの」

市果は送信した。

直後、番場の新たなメッセージが表示された。

「気持ちはわかりました。でもそれは、ほんとうに――」

言わないで。やめて。市果は胸中で叫んだ。

つづきは読みたくなかった。でも目が、勝手に読みとってしまった。

「――ほんとうにきみが、心からほしかったものですか?」


数分後、市果は気づけばこうメッセージを送っていた。

「明日午前九時、青葉城第二公園で」

4

だが十一時まで番場が待っても、飯島市果は青葉城第二公園に来なかった。

諦めはなかなかつかなかった。しかし「さすがに帰るか」と思えたのは、

「ちょっとお話いいですか?」

と警察官に声をかけられたせいだ。警察学校を出たばかりだろう、頰ににきび跡の残る交番勤務員であった。

「こちらのベンチに二時間も座っておいでだと、通報がありまして……」

そりゃそうだろうな。番場は苦笑した。見慣れぬ中年男が、児童公園のベンチに二時間以上座っているのだ。常連の母子《おやこ》たちはさぞ怖かったに違いない。

番場は素直に謝罪し、

「非番中だが、こういう者です」

と警察手帳を見せた。途端に交番員の頬が引き締まる。

「埼玉県古笛署……。ひょっとして、例のアレですか」

山村晢が関東を出て北上中だとは、いまや全都道府県警の知るところだ。

警察庁長官官房がマスコミとも協定を結び、まだ報道を抑えさせていると聞く。昔のブンヤは協定など無視して特ダネをすっぱ抜く輩《やから》が多かったが、最近は大学出のいい子ちゃんばかりで、おとなしいものである。

「例のアレだが、半分以上は私用だよ」

番場は手帳をおさめた。交番員が声を低める。

「もしかして、マル対がうちの管内に？」

「という情報があった。しかし、もうとっくに移動したようだな」

「はあ……」

交番員の顔を、安堵と無念が同時によぎった。

ご苦労さん、と交番員をねぎらい、番場は公園を出た。雨が近いのか、肌寒い。二時間も外にいたせいで体の芯が冷えてしまった。

——来なかったこと自体は、意外じゃない。

七対三で来ないだろうな、とは思っていた。ストックホルム症候群は、あの程度のやりとりで簡単に解けるものではない。

番場はコンビニに入った。ホットコーヒーを買い、イートインスペースに座る。コーヒーは熱く濃く、胃の腑から全身を温めてくれた。

――イノリといると、楽しいの……か。

飯島市果の言葉を反芻する。

文脈からして、イノリは山村誓のことだろう。そして彼でなく「彼女」と呼んだからには、単純な渾名とは思えない。

市果はこうも言った。彼女と一緒にいると、頭がクリアになる。自分がほんとうにほしかったものがなんなのか、わかっていく――と。

――イノリとは、山村誓のもうひとつの人格ではないか。

われながら突飛な仮説だ。

しかし根拠はあった。山村は頻繁に女装している。そして未成年の頃の山村を知る施設職員が、彼をこう評価している。

「怒ると女言葉になる。言動その他に、性的混乱が見られる」

――その〝混乱〟が生んだ部分が、イノリなのでは？

多重人格と呼べるほど、しっかりと人格を持っているかは不明だ。だが市果が、山村の中の〝イノリ〟に愛着を覚えているのは疑いなかった。

――ということは、二人の間にあるのは恋情ではなく、同性同士の友情？

番場は紙コップを置いた。

妄想に過ぎるだろうか、と己に問う。おれがこんなふうに思うのは、飯島市果を芹香では、と疑っているせいか。わが娘に男っけがあってほしくない、父親特有の愚かな希望的観測なのか。

ため息をつき、番場は目を閉じた。

しばしののち、スマートフォンを手に取る。LINEアプリを立ちあげ、メッセージを送った。

送信先は、妻の香南子であった。

メッセージはやたらと長くなった。どこから説明していいかわからず、結局いままでのいきさつをすべて打った。

江藤笑里事件。防犯カメラの女。広域重要指定事件。ホテルに残されていたベビーリング。飯島市果という存在。

「おまえをぬか喜びさせたくなくて黙っていた、というのも本心だが」

番場はさらに打った。

「失敗して、おまえに恰好悪いところを見せたくなかった。それが一番の本心だ。馬鹿だよな。この歳になってもまだ、惚れた女の前で恰好つけたい」

自嘲で唇が歪んだ。

「だが、いまは違う。おれに失望してくれていい。夫婦として、あの子の両親として、おれはおまえとすべてをわかちあいたい」

二分ほどして、着信音が鳴った。

「失望とか、そんなのは二の次」

香南子の返信だった。

「その子が芹香じゃなかったら、もちろんわたしは失望する。落胆するし、がっかりもする。でも」

メッセージはなおもつづいた。

「でもあなたが落胆するとき、わたしもそばで、同じ思いでいたい」

コンビニの自動ドアがひらいた。ぬるく埃っぽい春の空気が流れこんでくる。

疲れた目がしらを、番場はそっと指で押さえた。

5

午前九時二十三分。

市果とセイは、新たな軽自動車で下道を走っていた。

セイが「店内がざわついてる。手がまわったかもしれない」と言いだしたのは、客たちも寝静まった午前二時のことだ。

二人はトイレの窓から、各々脱出した。いままで乗っていた白の軽バンは乗り捨て、黒の軽自動車を盗んだ。

その際、セイは酔っぱらいを一人殺した。「車を盗むところを、たぶん見られた」という理由だった。市果はとくに止めなかった。見張りに立ちながら、セイがその男を絞殺するさまを横目で眺めていた。

——イノリじゃないのに。

そう思った。

——イノリじゃないのに、セイのままで、ついに人を殺した。

あんなに「弱虫だ」「臆病で、喧嘩ひとつできない」とイノリにくさされていた、あのセイが。

動かなくなった男から、セイは素早く現金二万三千円を取った。そして盗んだばかりの軽自動車に乗りこむと、

「行くぞ」

市果に向かって顎をしゃくった。

自信に満ちた、よどみない仕草だった。

――そうしていま、平日朝の空いた一般道を、わたしたちは走っている。

景色はひどくのどかだった。あちこちに野菜の直売所が建っている。看板はたいてい手描きで、大根やトマトの稚拙な絵が描かれていた。

「検問とかは、まだやってないんだね」

市果はぽつりと言った。

「どうかな。やってるのかもしれない」

同じ声のトーンでセイが返す。

「おれたちがたまたま、検問を敷いてない道を走ってるだけかも」

「そうだね」

捕まったらどうなるんだろう、市果はぼんやり思う。

セイは極刑をまぬがれないだろう。でも、イノリはどうなるんだろうか。

イノリは肉体を持たない。検事や裁判官が死刑台に送れるのは、セイの肉体だけだ。セイが死んだらイノリの精神はどこへ行くのだろう。

——青葉城第二公園、行けなかったな。

警察官の番場と名のる男と、市果はSNSを使って公園で待ちあわせた。だが、結局行けなかった。直接の理由はセイに「店を出るぞ」と急かされたからだ。でも、どちらにしろ行かなかっただろうな、と思う。

——いまわたし一人で逃げたら、きっと後悔する。

他人には馬鹿げて聞こえるだろう。だが本心だ。イノリを置いていけない。

「いちご狩り」

数十メートル先に見える看板を、市果は小声で読んだ。

「いちご狩り、したことある?」

「ないな」

「わたしもない」

「寄っていくか?」セイが顎で外を指す。

「いいの?」

「いいさ。……もし捕まるなら、それが運の尽きってことだ」


ビニールハウスの中は、ひどく整然としていた。

きれいに整った畝《うね》が一直線に伸びている。熟れたいちごの赤と、葉の濃い緑が、目の覚めるようなコントラストだった。市果たちのほかは親子連れが一組と、カップルが一組いるだけだ。

「そういえば、いちご好きだよね?」

市果はセイを振りかえり、伊達眼鏡越しに見やった。

「え？」

セイはサングラスをかけ、バケットハットを深くかぶっていた。

「ヌン茶のときはいちご尽くしのコースがいいって言ったし、花見のケーキもいちごショートを食べたじゃない」

「ああ……。おれじゃなく、イノリが好きなんじゃないか」

摘んだいちごを嚙みながら、セイがもごもご言う。

「じゃあ、イノリに替わってあげれば」

「そうだな」

短い、そっけない返答だった。

数秒後、そこにしゃがんでいたのはイノリだった。市果には一目でわかった。姿勢からして違った。

「ひさしぶり」市果は笑った。

「ひさしぶり」イノリも苦笑した。

「いちご、好きでしょ？　いっぱいあるから食べて」

「だね。もとが取れるくらいは食べなきゃね」

どこまで本気かわからぬ口調だ。その声音に、ああイノリだなあ、と市果は思った。

イノリは横の親子連れを目線で指すと、

「見て。あいつら練乳持参だよ。気合入りすぎじゃね？」

と肩をすくめてみせた。

やがて、雨が降りはじめた。

ビニールハウスの屋根を、大粒の雨がばらばらと叩く。厚い雲のせいでハウスの中は翳《かげ》り、いちごの赤がワントーン褪せて見えた。

親子連れの父親が「通り雨だよ。予報じゃ降水確率三十パーセントだった」と、妻子をなだめる声が遠く聞こえる。

「……桜、散っちゃうね」

畝の横にしゃがんだまま、市果はつぶやいた。たとえ通り雨だろうと、満開を過ぎつつある桜は持つまい。すくなくとも、染井吉野は終わりだ。

隣にしゃがむイノリが、

「市果」

低く言った。

市果は思わずぎくりとした。

イノリに名を呼ばれるのは、たぶんはじめてだ。

「市果。あたしが消えたら、セイをよろしく」

「やめてよ」

返した声が、引き攣れた。

「やめて。縁起でもない。それにあなたがいなくなったら、誰がセイを守るの」

「いままでは、あたしもそう思ってたよ」

イノリの声音に苦笑が混じる。

「でもセイがあたしを必要としなくなったら、消えるしかない」

「………………」

市果は言葉を失った。

そんな、と思った。そんなこと言わないで、と。だが思うだけで、声になってくれなかった。

「あんたをなぜ殺さないか、殺したくないと思うのか、自分でも不思議だった。毎日出勤させるなんて危ない橋を渡ってまで、あんたとの生活を長つづきさせようとするなんてさ。いかれてたよね。おかしいなんてもんじゃなかった。でも、やっとわかった気がする。……あたしは心のどっかで、セイを任せられる女をずっと探してた。それで、ようやくあんたを見つけたんだ」

イノリの瞳は凪《な》いでいた。

「セイは、あんたを好きだよ」

「それは……知ってる」

ようやく喉から、言葉を押しだした。

ふっとイノリが笑う。

「だよね。知ってるよね」

ビニールハウスを叩く雨太鼓が、次第に弱まりつつあった。さっきの父親の言葉は正しかったらしい。ほんの通り雨だ。

「待って」

市果は言った。

「待って。……山形にわたしの姉がいるの。行ってみて警察の張り込みがいないようだったら、そこにしばらく潜伏しよう。姉の旦那は裕福だし、自営業なの。だから旦那がしばらく人前に出なくても、誰もあやしんだりしない。ね、ほとぼりが冷めるまで、姉の家にいようよ」

お願い。市果はひそかに拳を握った。

お願い。まだ終わりたくない。この旅を、どうかまだ終わらせないで――。

「姉の家、ね。それって山形のどのへん？」

イノリが物憂げに問う。

「ええと、確か……高任市《たかとう》」

「ああ、じゃこから八十キロくらいか。自動車道を通れば一時間半くらいだけど、下道を行けば、その三倍くらいかかるかな？」

行けない距離じゃないね、と考えこむ。

その横顔を眺めつつ、市果は姉の美雨を思いだしていた。

――美雨ちゃん。そして夫の長下部《おさかべ》さん。

彼に会ったのは、結婚式の日が最後だ。四十四歳だというのに、髪がほぼ真っ白で、やけに老けて見える男だった。

美雨はぴったり彼に寄り添っていた。

あのときの姉の、勝ち誇ったような顔が忘れられない。可愛さあまって、と思ったことを市果ははっきり覚えている。

――可愛さあまって、憎さが。

「確か、山形県高任市亀名護《かめなご》一一二八番」

市果は呪文でも唱えるように言った。彼女が唯一、そらで言える住所だった。この家は、姉の夫が経営する会社の真横に建っている。会社のサイトでも、ストリートビューでも何度か確認したから間違いない。

市果は棒読みで繰りかえした。

「山形県高任市、亀名護一一二八番」

6

番場は向こうの指定どおり、午後六時きっかりに長下部美雨を訪ねた。

扉を開けて美雨が顔を覗かせたとき、なぜか番場の腕に鳥肌が立った。奇妙な感覚が、さあっと全身を駆け抜けた。

しかし感覚の正体を摑む前に、

「すみませんが、警察手帳を見せていただけますか」

美雨が言った。

扉は薄く開いているが、ドアロックはかかったままだ。そして彼女の背後には、夫の長下部がぴたりと付いている。

番場はうなずき、手帳をひらいて見せた。

所属と写真を何度も確認したのち、長下部夫妻はうなずき合い、ようやくドアロックを解除した。

「どうぞ、お入りください」

シティホテルのデラックスツインルームであった。

長下部の会社経由で番場が連絡を取ったとき、すでに彼らはこのホテルに避難済みだった。定宿で信用があるのか、部屋番号を告げただけでフロントはあっさり通してくれた。

「避難なんて大げさかもしれませんがね。しかしここのほうが、妻が安心できると言いますもので」

そう目じりに笑い皺を寄せる長下部は、山羊を思わせる穏やかな笑顔の男だった。痩せぎすで、四十なかばだというのに総白髪である。

調べによれば、ITサービス会社を経営しているらしい。資本金一千万の中小ながら、年商五億を超える優良企業だ。

確かにこのツインルームも、けっして安くはなさそうだった。

番場が仕事で泊まるたぐいのビジネスホテルとは、広さからして違う。だだっ広いベッドの向こうにはソファセットがあり、広い窓から川沿いの景色が望める。壁には、涼しげな色彩の抽象画が掛かっていた。

香南子とのLINEを終えたあと、番場は二階堂に連絡をした。

そしてSNSで飯島市果とコンタクトを取ったこと、待ち合わせをしたが振られたことをすべて報告した。

二階堂は「勝手な真似を」「この馬鹿」とさんざん番場を怒鳴り、罵《ののし》った。そして罵り疲れたところで、

「……課長には、おれがうまくごまかしておく」

苦虫を嚙みつぶしたような声で言った。

巷には「警察は身内の不祥事に甘い」とよく言われる。現役警察官である番場ですら、仲間意識の強い組織だと思う。今回だけは、それに感謝したい気分だった。

二階堂の報告が、その後どれほどの速さで上にのぼったかは知らない。

ともあれ山村誓の姓名と顔写真を、番場がネットで確認できたのは、今日の午後二時四十分のことであった。

――警察庁が、ついに公開捜査に踏みきった。

大詰めであった。捕まえられるとの絶対の自信があるからこそ、マスコミぎらいの刑事局長が公開捜査に同意したのだ。

事実、番場の目にも、山村誓は崩壊しつつあった。

同一犯であると隠さなくなり、手口は杜撰《ずさん》になる一方だった。あきらかに滅びのときは近かった。

「ではご自宅にはいま、誰もおられない？」

勧められたソファに腰かけ、番場は長下部に尋ねた。

「ええ。でも警備会社と契約していますからね。もし侵入者がいれば、わたしのスマホへ連絡が来ます」

卓上のスマートフォンを指し、長下部はゆったりと答えた。

飯島市果の名と顔は、公開されてはいない。しかし注意して一連の事件を追っている者――身内や知人ならば、すぐにわかる。

伊勢友菜と武石今朝子を殺し、関賢太郎の死体を遺棄し、かつ飯島市果を連れて逃亡中の男が、ついに指名手配として公開された——と瞬時に察せてしまう。

「念のため、最寄りの交番にも相談しておきました。山村が捕まるまで、まめに自宅付近を巡回してくださるそうです」

「それはそれは。完璧なご対応です」

心から番場は言った。

中小とはいえ、一代で起業し成功した男だけあって如才ない。突発的な危機に対し、こうまで事務的に対処できる一般市民はすくない。

たいていは正常性バイアスに目をくらまされ、「ま、この程度なら平気だろう」「騒ぐのも恰好悪いし」と、ずるずる自宅にとどまってしまう。

「紅茶でいいですか？　ティーバッグですが」

美雨が言った。卓上の電気ポットがしゅんしゅんと湯気を吐いている。

番場は軽く頭を下げた。

「恐れ入ります。いただきます」

——妹の市果と、似ていない。

美雨と面と向かってみて、番場は確信した。

化粧のせいではなく、市果と美雨はまるで似ていない。骨格からして違う。

むろん似ていない姉妹は世に山ほどいる。一概には言えない。だがいまの番場の目には、すべてがあやしく見えた。

「お砂糖とミルクは？」

「いえ。そのままで。ありがとうございます」

差しだされたカップを受けとり、

「ではお話をうかがわせてください。いくつか質問しますが、いいですか?」

向かいに座った美雨に、番場はそう切りだした。熱い紅茶をひと口啜り、言葉を継ぐ。

「妹さんがこんなことに巻きこまれて、さぞ驚かれたでしょう」

「ええ、まあ……」

美雨はなぜか、言葉を濁した。番場は指を組んだ。

「驚かなかったんですか?」

「あ、いえ、すみません。もちろん驚きました。驚いたんですけど、なんというか――それほど意外じゃなかった、というか」

「と言いますと?」

「ええと、あー、なんて言ったらいいんでしょう。わたしの中だけのことなので、説明がむずかしいんですが……」

言葉に迷いながらも、美雨はかたわらの夫の手を握った。

「妹の行方がわからない、と警察から連絡が来たとき――。わたし、心のどこかで納得したんです。ああそうか、って。ああそうか、こういうことなんだ。こうなってしまう運命だったんだ、って」

「どういう意味です」

番場は問うた。

美雨が眉を曇らせる。

「だから、あの……ほんとに感覚的なもので、説明しづらいんです。でも子どもの頃から、なんとなく思ってました。妹は、平穏な人生を送れない子だと」

夫の手を、さらにきつく握る。

「すみません。わけがわかりませんよね。でも、本心なんです。むしろ、その山村という男のほうが信じられません。まさかこの日本で、そんな……連続殺人者なんてものが、実在するなんて」

「ですよね、わかります」

番場は首肯した。

「しかし、警察官として忸怩《じくじ》たる現実ですが——日本でも、ある一定の条件さえ揃えば、連続殺人者は生まれます。古くは七人殺しの吹上佐太郎がいますし、八人殺した小平義雄がいます。小平と同じく戦後の殺人者である栗田源蔵も、七人を殺しています」

美雨の顔がわずかに青ざめる。

番場はつづけた。

「昭和中期には、詐欺と殺人をしながら全国を逃げまわった五人殺しの西口彰がいます。また勝田清孝、大久保清、古谷惣吉は、立件できただけで八人を殺しました。最近では九人殺しの白石隆浩、すくなくとも七人の殺害にかかわった松永太、四人殺しの日高広明……。同じく四件の殺人で立件された関根元にいたっては、被害者総数は三十人にのぼるという説まであります」

窓ガラスをかすめるように、つばめが飛んでいった。

眼下では川の水面が陽光を弾いてきらめき、満開の桜が風にそよいでいた。

「ところで、妹さん——市果さんについて、おうかがいしていいですか？」

番場は美雨に訊いた。

顎を引くようにして、美雨がうなずく。

「市果さんが今後、立ち寄りそうな場所に心当たりは？」

「この付近で、という意味ですよね？　ありません。万がいち来るならば、わたしたちの自宅くらいでしょう」

「市果さんは、長下部家の住所をご存じなんですね？」

「だと思います。会社と隣接していますし、社のサイトを見ればわかることですからね。とはいえ招待したことはありませんし、土地勘もないはずです」

「なのに、念のためホテルに避難した？」

その問いに美雨は答えず、目をそらした。夫の手を離し、髪を耳にかける。

「妹との……」

色のない唇から、声が落ちた。

「妹との一番古い記憶は、たぶん五、六歳ごろです。わたしは知らない街を、妹と歩いていて……。母も数歩さきにいたんでしょうが、その背中は覚えていません。記憶にあるのは、妹と、妹の手だけ。妹はわたしの手を、痛いほど握りしめていて――離してくれないんです。『痛い、やめて』と言っても離してくれない。『こうしてないと、みぃちゃんはすぐどっかに行っちゃうから』と……」

表情が弛緩していた。

「わたしたち、長いこと放浪したんです。母は行政に頼るとか、そういう知恵が全然ない人でした。むしろ行政を怖がっていた。お金は住み込みのホステスをしたり、仲居をしたり……たぶん、たまに売春もしてたと思う。母がなぜわたしたちを最後まで捨てなかったのか、いまだにわかりません」

番場は口を挟まなかった。

長下部も無言だった。

「施設にいた頃、妹がこんなようなことを言いました。『人はひとつでも大事なものがなきゃ生きていけない。だから他人から見たら邪魔なものでも、抱えていくんだ』って。……あのときの母も、そうだったんじゃないでしょうか。どう考えてもわたしたちは、母のお荷物だった。でもわたしたちがいなきゃ、母の生きる意味もなかった。だからお荷物だろうと、抱えているしかなかった」

そこで美雨は言葉を切った。奇妙な間があいた。

番場は紅茶で舌を湿し、言った。

「ベビーリングについて、お聞かせ願えますか」

「……はい？」

美雨の目が、戸惑いで揺れた。

「リングです。市果さんがいつも、ネックレスの鎖に通していたという」

「ああ、母の形見ですね」

合点がいったふうに首肯する。

「妹の宝物です。妹はあれを、他人にはけっして——わたしにさえ、触らせなかった。だから、よく見たことはないんです。施設の先生も、あれだけは妹から取りあげられなかった。一度、没収したことはあるんです。でも妹が、まったく食事を摂らなくなってしまって」

「ハンガーストライキですか」

「ええ。口をこじ開けようとしても、歯を食いしばって食べなかった。根負けして、施設の先生が妹に返したんです。それくらい大切に……、あっ」

美雨が目を泳がせる。

「なんです?」

番場は問うた。

「いま、ふっと思いだしたんですが、そういえば母に言われたことがあります。『あの輪っか、ほんとはあんたのものなのよ』って」

ざわり、と番場の背が粟立った。

美雨がつづける。

「そのときのお母さんは、酔っぱらってました。まわらない舌で謝ってた。『あれは言いだしたら聞かない子だから、ごめんね。父親の血だね』『ごめんね、ごめんね』って。だからほんとうは、あのリングはわたしにくれる気だったのかもしれません。わたしはお母さんの形見を、ひとつも持っていないから……」

相槌も打てず、番場は呆然と美雨を見つめた。

「わたし、ずっと、妹が怖かった」

うつろな声で美雨が言う。

「だから早く、一人前になりたかった。早く結婚したかった。夫の前でこんなふうに言うのは、あれですが……市果から、早く逃げたかった」

美雨を見たとき走った不思議な感覚の正体を、ようやく番場は悟っていた。うなじの産毛《うぶげ》がぞわぞわと逆立つ。美雨の声が遠い。

——そうだ。香南子と美雨は、似ていない。

すぐに気づけなかったのはそのせいだ。

だが美雨は、亡くなった義母に——香南子の実母に似ていた。女性が母親よりも、祖母や伯母などに似るのはよくあることだ。

——市果では、なかったのか？

なんてことだ。

「すみません」

口を押さえ、番場はソファから腰を浮かせた。

「ちょっと……お手洗いを、貸してもらえますか」

膝から下が無様に震えた。ろくに返事も聞かず、番場は部屋を横ぎると、ユニットバスルームへ駆けこんだ。

7

軽自動車は細くくねる道を走り、ときに遠まわりしながらも、着実に高任市へと近づいていた。

セイは方向感覚がしっかりしてる、と市果は感心した。

イノリが「セイのほうが運転は巧い」と言った理由は、この感覚も含むのだろう。

その点、市果はまったくの方向音痴だ。もし一人だったら姉の家どころか、山形駅に着けたかさえあやしい。

「美雨ちゃんはね、父親の顔も覚えてないくせに――ううん、だからこそかな。ファザコンなの」

セイに聞かせるともなく、市果は助手席で言った。

「長下部さんは穏やかで優しそうで、うんと年上で、お金持ち。ぱっと見はまさに理想のお父さん、って感じの人」

二十歳も年下と再婚するロリコンだけど、とは言わずにおいた。

開けはなした窓から、春の風が吹きこんでくる。

「そんな男と、どうやって知りあったんだ」

ハンドルを操りながらセイが言う。ちゃんと聞こえていたらしい。

「断酒会のSNSらしいよ。断酒会って、アルコール依存症の人がお酒をやめるための会ね。会員同士で励ましあって、乗りこえるんだって」

「姉ちゃんは、アルコール依存症だったのか」

「うん。十六、七から飲みはじめて、気づいたら酒びたりだった。一見強そうに見えて、わたしなんかよりずっと繊細なの。十代の頃は、よくない仲間と付き合ったりもしたしね。わたしがいないと駄目なの」

軽自動車が赤信号で停まった。セイがふうっと息を吐く。

「セイ、疲れた？」

「ああ」

「じゃ、すこし休憩しようか。無理して事故ったらよくないもん」

言いながら市果は、すこし先に見えるショッピングセンターの看板を指した。

セイの顔はマスクと帽子で九割隠れた。市果の顔も、伊達眼鏡とマスクでほぼ隠れていた。さらにロングのワンタッチエクステで輪郭を覆った。

二人はまず、フードコートで食事をした。

セイは醬油ラーメンとたこ焼き、市果はきつねうどんを食べた。ひどく騒がしい親子連れがいて、みな眉をひそめていた。市果たちに注意を払う者は誰一人いなかった。

食べ終えたあとは、家電コーナーのマッサージチェアで休んだ。

四つあるうちのふたつを占領し、十五分に設定して目を閉じた。途中で揺り起こされることはなく、やはり誰も見向きしなかった。

「おい」

市果を起こしたのは、セイの声だった。

かぶりを振り、市果は「夢……見ちゃった」と声を落とした。

「のんきだな」

「うん。昔の夢……」

マスクの下で、あくびを嚙みころした。

そう、昔の夢だ。狭苦しいアパート。古くてけば立った畳。前の住人が付けたらしい傷だらけの柱。染みの浮いた襖《ふすま》。

母がいた。怖い顔をしている。赤ちゃんの声が聞こえた。「逃げるよ」荷物をまとめながら母が言う。

「ああ、もう――。なんでいつも、こうなるんだろう。逃げるよ」

いつかのイノリの言葉が、脳裏によみがえった。

――いったん理解してしまうと『知らない。おれは知らない』『関係ない』って目をそむけることが、むずかしくなる。

――あの子は逃げられなくなるのが怖くて、ずっと逃げてるの。

いま思えば、母もそのタイプだったな。市果はぼんやりと思う。

母もまた、不遇な生まれだった。飲んだくれの実父を嫌いながら、結局は実父そっくりな男と結婚した。

他人を頼ることを知らず、他人の善意を知らず、ただ逃げた。目の前の現実を直視するより、逃げるほうを死ぬ寸前まで選びつづけた。

「トイレのね、ベビーカーに、赤ちゃんがいて……」

「あ?」

「……どこまでが夢だったのかな。なんかもう、よく思いだせない」

こめかみを押さえ、市果はつぶやいた。

高任市亀名護一一二八番の長下部家に着いたのは、約一時間後だった。

木造二階建ての邸宅だった。

門がまえと玄関戸は和風だ。御影石《みかげいし》らしき飛び石が玄関ポーチまでつづき、雪国らしい風防室の向こうに横びらきの玄関戸が見える。敷地は広く、駐車スペースも広い。シャッター付きの車庫を挟んで、左隣に会社の事務所がそびえている。

だが。

「誰もいないぞ」

軽自動車を停めることなくそうセイは断言した。

「おれはガキの頃から、空き巣を何十件とやってきた。だからわかる。あの家にはいま誰もいない」

「それ、確か？」市果は問うた。

「確かだ。それと電柱の陰のアテンザは警察《サツ》だ」

市果はしばし考えこんでから、言った。

「じゃあアテンザにあやしまれないよう、徐行せずにぐるっとこのあたり一周してくれない？　銀いろの門扉と、青い屋根の犬小屋がある家を見つけたら、停まってほしい」

目当ての家は、道一本へだてたところで見つかった。

市果は軽自動車を降り、その家のチャイムを鳴らした。

主婦らしき声がすぐに応答した。

「はあい」

インターフォンのマイクに向かい、しおらしく市果は言った。

「あの、すみません。じつは車をお宅の柵に擦っちゃって……。もちろん弁償します。しますけど、すみません、ちょっと柵を見ていただけますか……」

そのまま、数十秒待った。

中から扉がひらいた。

8

番場はホテルのユニットバスルームで、洋式便器にもたれかかっていた。

興奮のためざわついた胃は、少量の胃液を吐いただけでおさまった。しかし、動悸がやまない。心臓は早鐘を打ちつづけている。

——市果ではなく、美雨が芹香なのか？

市果は出生届を出されなかった。てっきり本物の市果は生後まもなく死に、耐えきれなかった母親が、後がまとして芹香を盗んだと思っていた。

——保護されたとき、美雨は八歳、市果は六歳だった。

だが、ほんとうは違ったのではないか？

口を拭いながら、番場は思う。

行政がラブホテルに踏みこんだとき、死亡した母親のそばで、幼い姉妹が抱きあっていたという。

つまり二人の年齢も誕生日も続柄も、すべて自己申告に過ぎない。

——母親の言うがまま、二人は己の名や続柄を信じただけなのでは？

姉妹を保護した女性警官や、役所の職員はこう述べた。

「かわいそうなほど痩せて、ちいさかった」「ひどい栄養不良に見えた」と。とくに美雨には「これで八歳？」と驚いたという。

――納得だ。ほんとうは八歳ではなかったのだから。

美雨、いや芹香は当時、五歳だった。職員たちが驚いたのも当たりまえだ。

――市果たちの母親は、なぜ芹香を盗んだ？

――市果も芹香と同じく、盗まれた子なのか？

赤ん坊を盗む。番場にはわからない感覚だ。

だが刑事課にいるとき、赤子の連れ去り事件を捜査したことはある。赤子は生後六箇月で、逮捕されたのは三十代の女性だった。聴取の結果、なんと彼女には五歳と九歳の実子がいた。動機を訊かれた女性は、こう答えた。

「もう一度、赤ちゃんを育てたかった」と。

また生活安全課に異動後は、子どもを八人産んだ女性を保護した。全員が種違いだった。「なぜ避妊も堕胎もしない？」との問いに、彼女は言った。

「ある程度まで育つと、生意気になって可愛くない。その点、赤ちゃんはただ可愛いだけ。あたしがいないと生きていけなくて、あたしに頼りきってる。そういう生き物がそばにいるのが、たまらなく気持ちいいの」

――市果の母親も、同じ感覚だったのか？

ベビーリングを市果が持っていたのはなぜだろう、番場は考えた。

あのベビーリングはプラチナだ。いざというとき換金できる。自分でなく市果に着けさせたのは、ある種の知恵だったのか。女から身ぐるみを剝がせる男も、子ども相手ならばすこしは躊躇する。

母親はリングを「誰にも見せるな、美雨にもだ」と市果に厳命したのではないか。しかし酔ったはずみで『あの輪っか、ほんとはあんたのもの』と美雨に口を滑らせた。その後すぐ『あれは言いだしたら聞かない子だから』と取りつくろった。だが美雨の中に違和感と、妹への奇妙な恐れは残った——。

番場は壁に手を突き、立ちあがった。

なんだろう。この筋書きもどこかしっくりこない。

——そうだ。美雨だ。

番場は蛇口をひねり、水を出した。

コップは使わず、掌に受けた水で口をゆすぐ。

——いまここにいる美雨が芹香ならば、本物の美雨はどこへ行った？

冷えた水のおかげで、多少頭がすっきりした。番場は顔を上げた。そして鏡に映る自分を見た。

その刹那。

ドアの向こうで物音がした。

ユニットバスルームのドアの、すぐ向こうだ。身がまえた直後、悲鳴が聞こえた。

短く鋭い悲鳴だった。次いで、どん、という音と震動を感じた。

——人ひとりぶんの体重が、倒れた震動だ。

番場の体内で、けたたましく警報が鳴りはじめた。刑事課にいた頃、頻繁に聞いたサイレンである。

本能が鳴らす警告であった。

息を殺し、彼はドアを薄くひらいた。

まず目に入ったのは、足だった。男の足だ。床に倒れている。ついさっき見たばかりの衣服——長下部のチノクロスパンツだ。

番場はさらに数センチ、ドアを開けた。

床に血溜まりがあった。見る間にカーペットへ広がっていく。広がりかたからして、出血量が激しい。深く刺されたか、動脈を切りつけられたらしい。

投げだされた長下部の足は、ぴくりとも動かない。

「どうし――。どうし、て」

美雨の声がした。

乾いて、ひび割れた声だった。

「市果、どうして、ここが……」

わかったの、とつづく前に、べつの女の声が遮った。

「美雨ちゃん、SNSに書いてたじゃない」

平坦な声だった。番場は内頬を嚙んだ。

――これが、飯島市果か。

女の声がつづく。

「『旅行するときはいつも、町内会長さんに犬を預かってもらう』って書いてたじゃない。会長さんのおうちの前で、犬と撮った画像を何度かアップしてたよね？　門扉が特徴的だから、覚えてたの。ペットを預かってもらう相手には、たいてい行き先くらい言っていくよねえ？」

「会長さんに、なにを、したの」

美雨の声が震えた。

だが市果は答えなかった。美雨が泣きだすのが聞こえた。

「き、救急車を、呼んで」

しゃくりあげながら、美雨が言う。

「お願い。なんでも言うことを聞くから。ゆ、ゆうじさんが死んじゃう……。お願い、救急車を、呼ばせて」

「もう死んでる」男の声が遮った。

山村誓だな。番場は思った。美雨が絶望の声を上げる。振り絞るような、啜り泣きがつづいた。

床に膝を突き、番場はドアからそっと首を突きだした。

美雨は窓を背にし、ななめ向きに立っている。頬が血の気を失い、真っ白だ。

彼女の正面には山村誓と市果がいた。二人とも横顔が見えた。

山村誓は、手配写真とさほど変わらない。しいて言えば髭が伸びたくらいか。

痩せぎすで小柄だ。右手にハンティングナイフを握っている。刃が、赤い血でぬらぬらと濡れていた。

対照的に、飯島市果は写真とまるで違った。

手配写真の彼女は地味づくりの童顔で、ごく平凡に見えた。だが眼前の市果は美しかった。艶《なま》めいている、とさえ言ってよかった。

にもかかわらず、番場は「いびつだ」と感じた。

美しいが、どこかがはっきり歪んでいた。若い頃の妻に似ていると思ったのは、錯覚だった。すこしも似てなどいない。

番場は美雨に、指でサインを送ろうとした。

しかし美雨は彼を見なかった。妹だけを見ている。顔をくしゃくしゃにして、啜り泣いている。

音をたてぬよう、番場は静かにドアから後退した。

ジャケットの内ポケットからスマートフォンを抜く。浴槽の中にしゃがみ、緊急通報ボタンをタップする。

「はい一一〇番です。事件ですか、事故ですか……」

通信指令センターの決まり文句に、番場は早口でささやきかえした。

「こちらホテルパルナス高任、六〇一三号室。刃物を持った男女が侵入。一名が死亡。男は、手配中の山村誓と思われる。至急応援願う。以上」

返事は待たず、切った。

次いでバスルームの中を見まわし、武器になり得るものを目で探した。

警察官はみな、大なり小なり武道の心得がある。月に一度は術科訓練を受け、逮捕術の腕を磨く。番場は剣道二段だ。できれば棒状の武器がほしかった。

――駄目だ。なにもない。

シャワーカーテンのポールは、工具なしでは外せないタイプだった。投げつけて注意を引けるようなものは、コップかドライヤーくらいだ。

番場は片手で顔を覆った。

ついさっき、ちらりとだが長下部の遺体を視認した。血は胸部と頸部から流れていた。致命傷がどちらかは不明だが、苦しむことなく死んだだろう。それが、せめてもの救いだった。

――美雨だけでも、助けねば。

美雨が芹香であろうとなかろうとだ。殺させるわけにはいかない。私情ではなかった。これは警察官としての矜持《きょうじ》だ。自分の眼前で、これ以上の犠牲者は出させない。

番場は浴槽を出て、ふたたびドアの陰に身を寄せた。

己の鼓動が、耳もとでひどくうるさかった。

9

セイが、長下部の死体へ無造作に歩み寄った。

すぐ横にしゃがみ、長下部を覗きこむ。息がないことを確認してから、彼は市果を振りかえった。

「こいつん家《ち》に潜伏する予定だったんだよな？　でも、こうなっちまったら無理だ。ホテルのやつらが死体を見つける前に、できるだけ遠くに逃げるぞ。潜伏するなら、まるきり関係ないやつの家を狙ったほうがいい」

天気の話でもするような語調だった。

美雨が、怯えに喉を詰まらせる気配がした。

「金と車だけもらって消えよう。その女を殺《ばら》して、さっさと出るぞ」

しかし、市果は反駁した。

「駄目」

「あ？」

「美雨ちゃんは、殺さないで。人質がいたほうが、警察相手にも有利になるでしょう。……お願い、たった一人の姉なの。傷つけないで」

しゃがんだ姿勢のまま、セイが市果を見上げる。

その瞳を市果は見かえした。

セイの眼には、なんの感情もなかった。うつろなガラス玉だった。ゆっくりと彼は首を振った。

「警察はおまえを人質だと思ってるさ。人質は、二人もいらねえ」

言い捨て、長下部に顔を戻す。ナイフを床に置き、彼は死体のポケットを探った。

そのときだった。

セイが悲鳴を上げ、のけぞった。

同時にバスルームのドアが突然ひらいた。

ドアの陰から、一人の男が飛びだしてくるのを市果は見た。中年の男だ。ユニットバスルームの中から、男がセイにコップを投げつけたのだ——。そう理解するまでに、しばし時間を要した。

年齢に似合わぬ俊敏な動きで、中年男はセイに摑みかかった。迷いのない体さばきだ。あきらかに、素人ではなかった。

セイは、床に置いたナイフを取ろうとした。だが男がそうさせなかった。セイの左腕を摑み、ねじりあげた。セイが新たな悲鳴を上げた。

だが声を上げながらも、セイは利き足で蹴りをはなっていた。爪さきが、男の脛《すね》をえぐった。今度は男が声を上げる番だった。動きが一瞬止まる。

セイの利き手がナイフに伸びた。

だが柄を握る寸前、男が渾身の頭突きを見舞った。額はもろにセイの顔面、いや鼻骨に当たった。鼻血が勢いよく噴きだした。

セイの体が大きく泳ぐ。男がふたたびセイの腕を摑んだ。関節を極《き》め、馬乗りになろうとしている。市果の素人目にもわかった。

市果は走った。

手は、卓上の電気ポットを摑んでいた。もつれあう二人に駆け寄ると、彼女は中年男の後頭部に思いきりポットを振りおろした。

無我夢中だった。何度も殴った。何度も。何度も何度も。

男が呻き、その場に力なくくずおれる。

市果は荒い息を吐き、男を見下ろした。男の下から、セイが這い出てくる。

セイもまた、ぜいぜいと喉を鳴らしていた。顔面が血で染まり、鼻柱が不気味な角度で折れ曲がっていた。

「だ、——大丈夫？」

ポットを抱えたまま、市果は問うた。

「あ、ああ」

セイがよろめきながらも答える。

市果は自分が殴った男を見下ろした。気絶したのか、それとも死んだのか、身動きひとつしない。

ポットを床に下ろすと、彼女は手を伸ばし、ナイフを拾った。ポットの底には、男の血と髪の毛がべったりこびりついていた。

「逃げるぞ」

鼻を手で押さえ、不明瞭な声でセイが言う。

「早く逃げよう。とっとと、女を殺して――」

その言葉は途中で消えた。

ナイフを握った手を、市果が彼の腹部めがけて突きだしたからだ。

刃は吸いこまれるように、セイの右上腹部に刺さった。

市果はごく冷静だった。刃がどこまで刺さったか平然と見届け、そして柄をぐりっと機械的に真横へねじった。刃が、内臓をえぐる手ごたえがした。

セイは声もたてなかった。

がくりと、その場へ両膝を突いた。

彼は自分の腹から突き出たナイフの柄を見下ろし、次いで市果を見上げた。

ひどく不思議そうに、交互に見比べた。なぜこうなったのか、まるでわからないと言いたげな瞳だった。

市果は身をかがめ、ナイフを抜いた。

返り血がほとばしった。セイの体が、ぐらりと揺れる。

ゆっくりとセイは、床へ横倒しになった。

「セイ」

憐れむように、市果は言った。

――おまえ、普通じゃないよ。

「セイ。……あなた、最初から正しかったのに」

――へたしたら、おれより頭おかしい。

「うん。一番いかれているのは、わたし。あなたはいっとうはじめから、ちゃんと見抜いていたのにね」

市果は振りかえり、美雨を見やった。

美雨が「ひっ」と細く叫び、後ずさる。

「そんな目で、見ないで」

向けた刃とは裏腹に、やさしい声で市果は言った。

「いつだって、美雨ちゃんを一番大事にしてるのは、わたし――。なのに、そんな目で見ないで」

そうだ、わたしはいつだって美雨を大切にしてきた。市果は思う。

美雨がいたから生きてこれた。美雨が、わたしを必要としてくれたから。

――あなたをはじめてあそこで見たときから、ずっと。

市果の四歳以前の記憶は、断片的だ。異様に鮮明か、ひどくぼんやりしているかの両極端だ。

だが四歳以降は、鮮明な記憶がぐっと増える。

新たな美雨を手に入れたおかげだ。

市果は〝美雨〟を、あそこで見つけた。ショッピングセンターの女子トイレだった。

〝美雨〟は、ベビーカーの中で眠っていた。おもちゃのような指が、同じくおもちゃのような、でもとてもきれいな指輪をもてあそんでいた。

赤ちゃんの母親は、まわりに見あたらなかった。でも奥の個室が閉まっていたから、そこにいたのかもしれない。ともあれ、物音ひとつしなかった。

市果――その頃はまだ市果という名ではなかったが――は、母と一緒だった。母を見上げ、言った。

――これ、ほしい。

つづけて市果は言った。

ちょうだい。ねえ。駄目って言うなら……あのこと、みんなに言っちゃうよ。

イノリに話したとおりだ。あの頃の市果は、手癖が悪かった。ほしいものを見たら我慢できなかった。

でも〝新たな美雨〟は――赤ん坊は、重すぎた。母の手を借りずには、持っていけなかった。

〝あのこと〟とは、父だ。

正確に言えば父の死だった。

異様に鮮明な記憶のうちのひとつである。父が生きていた頃、つまり市果がまだ〝美雨〟だった頃のことだ。

父は、酔っぱらいだった。声が大きくてうるさいから嫌いだった。父はお酒を飲んでは母を殴り、怒鳴った。市果の目の前で平然と母を犯した。そのくせ娘にだけは、甘いところがあった。

あの日も父は、母を殴った。顔を腫らした母は台所に駆けこんだ。

腹いせのつもりか、彼女は自分の睡眠剤——医師に処方された強い薬——を、飲み残しの焼酎に混ぜた。

市果はすべてを見ていた。

母が浮かべた「ざまあみろ」と言いたげな笑みも、娘を振りむきもせず出ていく背中も、その焼酎を飲みほした父も、見ていた。

だが父は、すぐには寝入らなかった。譫妄《せんもう》状態になった。

大声でうわごとを言いはじめた父を、市果はうるさいと思った。黙らせたかった。だから耳もとで、ささやいた。

——お風呂だよ。お父さん。

——お風呂しなきゃ、駄目よ。

父はよたよたと浴室に向かった。その後、市果は母の帰りを待ちながら、すこし寝た。目を覚ますと、三時間ほど経っていた。

市果は浴室を見に行った。

父は浴槽に張った湯に沈んでいた。黒い髪が、水面に藻のように広がっていた。

静かだった。ひどく静かだった。市果は満足し、もう一度寝た。

昼過ぎになって帰宅した母は、浴室を見て悲鳴を上げた。

その後の数日は、大騒ぎだった。アパートに警察が来た。父が運ばれていき、母は事情を訊かれた。

市果も、女性の警察官にいくつか質問された。

市果は答えた。

「お父さんはお酒を飲んで、お風呂に行ったの。お母さん？　いなかったよ。お父さんが叩いて痛くしたから、お外にいた」

父の遺体から睡眠剤が検出されたか否か、市果は知らない。そもそも検死解剖したかもわからない。たぶんしなかったのだろう。父の死は、事故で片付いた。

父の初七日《しょなのか》が終わった頃、母は、ぽつんと市果に尋ねた。

――お母さんがおくすり入れるとこ、見てた？

市果は答えた。見てたよ、と。

つづけてこうも言った。

――でもお母さんは、いつもお母さんしてくれるからね。誰にも言わないよ。

いま思うに、父に風呂を勧めたのは市果だと、母は勘付いていたはずだ。

だからあのとき市果に脅されて――いや、脅しにのったかたちで、彼女は〝新たな美雨〟をさらった。〝美雨〟の口をふさいでリュックに詰め、女子トイレを出た。

――だって母自身も、あの子がほしかったからだ。

市果は思う。

母は、わたしを怖がっていた。

わたしという〝できそこないの美雨〟でなく、〝新たに育てられる美雨〟〝まともに育つかもしれない美雨〟がほしかった。かといって、本物の美雨を捨てる決心もつかなかった。

アパートに赤ん坊を連れ帰ってから、母はわれに返った。半狂乱になった。

「逃げるよ」

荷物をまとめながら、娘に向かって怒鳴った。

「ああ、もう――。なんでいつも、こうなるんだろう」

なぜって、母の逃げ癖のせいだ。市果は冷ややかに断ずる。

母はつねに面倒から逃げてきた。夫の死。得体の知れない実娘。盗んだ赤ん坊。そのすべてを直視せず、ただ逃げた。死の寸前まで、逃げつづけた人生だった。

そして赤ん坊は〝美雨〟になった。

美雨だった子は〝市果〟になった。

名前は、彼女がみずから付けた。由来は忘れたが、なにかのアニメのキャラクターから取ったはずだ。

――ちなみにこの市果って名前ね、美雨ちゃんが付けたの。

そう、名付けた当時、彼女はまだ美雨だった。

旧・美雨こと市果は、新たな美雨を愛した。献身的に育てた。どんなに飢えても、自分の食事を分け与えた。

早く大きくなってほしかった。なぜって美雨は長女で、自分は妹だからだ。

惨めったらしい親が嫌いだった。そんな親のもとにいる自分も嫌いだった。自分以外の何者かになりたい。それは、もの心ついてからずっと、市果はそう熱望してきた。

――おまわりさんに保護されたときは、嬉しかったな。

――「お名前は?」って訊かれて「イチカ」と答えたときは、ほんと嬉しかった。

そうだ、嬉しかった。

あの瞬間、彼女は正式に〝美雨でない存在〟になれた。父は死んだ。母も死んだ。そして守るべき存在だけがそばにいた。

幸か不幸か、市果は生まれつき小柄だった。その上、長年のひどい栄養不足が発育を阻んでいた。八歳ながら、美雨とほぼ同じくらいの体軀だった。

十歳のセイが六、七歳に見えたのと同じだ。姉妹二人とも、警官たちの目には〝痩せて不潔な、四、五歳相当の女児〟と映った。

「……美雨ちゃん」

二十六歳の、いや二十八歳の市果は言う。

シティホテルの一室で、ナイフ片手に美雨へ呼びかける。

「あのときのあんたは、赤ん坊だった。誰かが守ってやらなきゃ死んじゃう存在だった。だから、ほしかった」

居酒屋で行きあった、変な男が言ってたよ――。薄笑いを浮かべて言う。

「自己肯定感の低い女ほど、『自分は求められている』と思いたがるんだってさ。『この人にはわたしが必要なんだ。わたしなしじゃ駄目な人がこの世にいる。わたしは必要とされている。嬉しい。嬉しい』。その感情をよすがに、生きてくんだって。キモい男だったよ。けど、言うことはそれなりに当たってた。当たってるからこそ、聞いてて、すげえムカついた」

――わたしもお母さんも、それだった。

「お母さんは、わたしたちを捨てられなかった。邪魔なのに置いていけなかった。だってわたしたちがいなきゃ、お母さんはからっぽだから。無だから。ほかになんにも持っていないから。わたしも、同じ。あんたを抱えてないと、無だった。

だからあんたが問題を起こせば起こすほど、嬉しかった。あんたが施設の先生たちに反抗したときも、変なやつらと付き合ったときも、酒びたりになったときも、嬉しかった。あんたを支えることが、わたしの生きる意味だった」

なのに。

なのに、結婚なんかして、わたしから逃げやがって――。

笑顔を崩さず、市果は言った。

「あんたがいなくなって、わたしは死んだも同然だった。死人みたいに生きてくしかなかった。母はいなくて、あんたも去っていった。生きてる意味はなんにもなかった。でも死ぬきっかけもなかったから、しょうがなく生きてた」

市果は、かたわらのセイを見下ろした。

――こいつに会わなければ、どうなっていただろう?

あのまま死人のように生きていっただろうか。それともどこかで限界が来て、自殺しただろうか。

わからない。でも現実には、出会ってしまった。

こいつがわたしを目覚めさせた。美雨という存在が長年抑え、いったんは薄れさせた市果の獣性を、市果本人ですら忘れていた邪悪さを、彼が揺り起こしてしまった。

――いや、正確にはイノリだ。

イノリが、市果の本性を揺り起こした。ああ、イノリ。美雨が去ってからというもの、はじめて心を許した相手だったのに。

そのとき、床のセイが呻いた。

市果の眉がぴくりと動く。

「まだ、生きてたの？」冷えた声が洩れた。

近づいてくるパトカーのサイレンが、窓越しにわんわんとうるさい。

「……気持ち悪い」

セイを見下ろし、市果は頬を歪めた。

「あんた、勃《た》ってたよね。あたしを抱きしめたとき、勃起してた。……最悪」

声が、喉で引き攣れる。

「気持ち悪いんだよ。気持ち悪い。気持ち悪い。気持ち悪い。気持ち悪い。気持ち悪い。気持ち悪い。気持ち悪い。気持ち悪い。気持ち悪い。気持ち悪い。気持ち悪い。気持ち悪い。気持ち悪い。気持ち悪い。気持ち悪い。気持ち悪い。気持ち悪い。気持ち悪い。気持ち悪い！　――裏切り者っ！」

最後の「裏切り者」は、イノリへの悪罵だった。

軽バンの中でセイに抱きしめられたとき、市果はぞっとした。

嫌悪で全身総毛立った。人の気配がしたのを言いわけに離れたが、セイへの反感はつのった。

SNSで呼びかけてきた警察官の誘いにのろうかどうか、しばし迷ったのはそのせいだ。セイを捨てて投降すべきか、本気で逡巡した。

だがそのときの市果には、イノリへの情があった。

セイのことはともかく、イノリは見捨てられないと思っていた。

二百万を置いてきたのはわざとだ。金がないことを理由に、美雨の家へ誘導する計画だった。イノリと美雨と、三人で暮らせたらと思っていた。

しかし、その情も打ち砕かれた。

イノリ自身が市果に言ったからだ。

「あたしが消えたら、セイをよろしく」

「セイがあたしを必要としなくなったら、消えるしかない」

セイを市果に押しつけ、自分は逃げるという事実上の宣言だった。

——彼女と一緒にいると頭がクリアになる。自分がほんとうにほしかったものがなんなのか、わかっていく。

ああそうだ。そのとおりだ。

イノリはすべてをクリアにしてくれた。市果は実感する。

ほしいものは、結局ひとつだった。そうわからせてくれた。わたしには美雨しかいない。結局はこうして、美雨を取りもどすしか道はなかった。

パトカーのサイレンが重なって聞こえる。

いったい何台、いや何十台ホテルに集結したのだろう。轟音だった。あたり一帯の空気を揺らしていた。

市果は顔を上げ、美雨を見た。

美雨は顔をくしゃくしゃにして泣いていた。幼子《おさなご》のようだった。

市果の胸に、憐れみと愛しさが同時にこみあげた。泣かせているのは自分だ。そう思うと、えもいわれぬ満足感を覚えた。

それは、ほんとうに――。

脳裏に、番場の言葉が浮かぶ。

――ほんとうにきみが、心からほしかったものですか？

部屋のドアを、激しく叩く音がした。

「警察です！」

男性の野太い声がする。

「高任署です。開けなさい！　三つ数えるうちに開けないなら、突入します！　繰りかえします！　開けないなら……」

「助けて！」

市果は叫んだ。

手からわざとナイフを落とす。セイのそばに落ちたのを見届け、彼女はドアに向かって走った。金切り声を上げる。

「いま開けます！　助けて！　――お願い。姉とわたしを、助けてください！」

エピローグ

1

各マスコミの取材に、飯島市果の元同僚である森田実来《もりたみく》は語った。

「あんな事件、いまでも信じられないです……。でも、終わってよかった。犯人が死んでよかったです。……あ、いえ、そういう意味じゃなくて。ほんと変な意味じゃなくて。これはただ、飯島さんが無事でよかったたって意味です」

同じく元同僚の林亜佳音《はやしあかね》は語った。

「まだ実感がありません。センター長と伊勢さんと、武石主任が亡くなって、飯島さんがあんなことになったなんて……。でも、飯島さんは悪くないです。わたしは彼女をよく知ってますもん。きっと犯人が怖くて、言いなりになっただけです。なのに罪に問われるなんて、おかしくないですか？」

同じく元同僚の平井紬《ひらいつむぎ》は語った。

「センター長と、伊勢さんと武石主任のご冥福をお祈りします。飯島さんは……繊細な人でしたから、心配です。以前にも、会社で過呼吸を起こして――。わたし、恥ずかしいことに、あのときなにもできなかった。……及ばずながら、今度こそ飯島さんのために、なにかできればと思っています」

伊勢友菜の母は語った。

「あの関とかいう男が、全部いけないんですよ！　そうに決まってます。関さえいなければ、娘はあんな恐ろしい事件に巻きこまれなかった。連続殺人犯の……ええと、山村でしたっけ？　はい、あんな男とかかわりあいになることだって、一生なかったんです。きっとそうです」

武石今朝子の兄は語った。

「いや、うちの妹は被害者なんでね。やめてくださいよ。あのねえ、そうやって被害者のプライバシーを侵害するより、もっと巨悪を追いかけたらどうです？　あんたら、マスコミの端くれでしょ？お偉い政治家の先生にはへこへこするくせに、そうやって一般市民に対しては偉そうに――」

関賢太郎の元妻は語った。

「わたしどもは、事件および関とはいっさい関係ありません。とうに婚姻関係終了届を出してあります。子どもたちの姓も、わたしの旧姓に変えました。ですから、お願いです。そっとしておいてください。あんな人とはもう、なにひとつ関係ないんです。さっさと帰ってよ！」

江藤笑里の母は語った。

「正直、よくわからないんですよね……。犯人が仁木だろうと山村だろうと、うちの子が帰らないことには変わりないでしょ。しかも、どっちの男も死んじゃってるじゃないですか。なにをどう聞かされようが、気持ちのやり場がないです。ええ。どうだろうと一緒ですよ……」

仁木楓真の弟は語った。

「近所迷惑です、来ないでください。うちは母の手術をひかえてて、それどこじゃないんです。兄貴の冤罪？　いやもう、どうでもいいですよ。もともとトラブルばっかで、迷惑な人だったし。は？　警察を訴える？　そんな気ないですってば。いいから、帰ってください」

山村誓の元保護司は語った。

「意外ではない――と言ったら、きっと叱られるでしょうね。しかしそれが本音です。山村は、特異な少年でした。陰にこもったおとなしい性格ながら、唐突に激昂し、凶暴になる瞬間があった。〝人が変わったような〟というのは、あのことを言うんでしょう。ああ、はい。そういうときは、決まって女言葉でした」

飯島市果の幼少期を知る施設職員は語った。

「いっちゃんは、いい子でしたよ？　ええ、いつだっていい子でした。飲みこみがよくて、機転が利いてね。美雨ちゃんはちょっと問題児でしたが、いつもいっちゃんがフォローしてあげてました。いっちゃんみたいな子にこそ、幸せになってほしいんですけどね。現実は、うまくいかないですね……」

2

番場は夏があまり好きではない。

暑さに弱いというより、湿気に弱いのだ。しかし今年ばかりはべつだ。

娘とともに過ごせる、二度目の夏であった。

「あの……、なにか手伝いましょうか」

キッチンに立つ香南子の背中に、美雨が声をかける。

「大丈夫、もう終わるから」

香南子は出汁を張った鍋に、味噌を溶いているようだ。いい香りがリヴィングダイニングに満ちる。

日本人なら抗《あらが》えない香りだった。

「癖のある野菜、苦手だって言ってたよね?」

「あ、はい。山菜とかパクチーとか、ちょっと苦手です」

美雨が敬語で答える。

「じゃあ一応、三つ葉は入れないでおくね」

応える香南子の口調も、どこかぎこちなかった。

しかたがない、と番場は思う。

二十四年間離れていたのだ。急に「親子です。家族です」と言われたところで、お互いすぐ馴染めるものではない。

飯島市果に電気ポットで頭部を殴打された番場は、あのあと病院に搬送され、脳波などの検査をひととおり受けた。

さいわい意識はすぐに戻り、脳波に異常は見当たらなかった。後遺症もなかった。

休暇中ゆえ労災として申請する気はなかった。

しかし二階堂が待ったをかけた。

「番場、よくやった！　おまえは英雄だ！　よしよし、公務員の権利を最大限に行使しろ。こっちのことは気にせず、がっつり休め」

だが番場は翌日に退院し、古笛市へ戻った。やるべきことが山積みだった。

真っ先に取りかかったのは、美雨とのDNA型親子鑑定であった。

鑑定には民間会社二社を選んだ。採取サンプルは番場、香南子、美雨の髪の毛である。結果は二社とも同じだった。

——九十九・九九九九パーセント超の確率で合致。一等親、すなわち実の親子と推定される。

「お父さん。お料理、できた順から運んでくれる？」

「ああ」

香南子の呼びかけに、番場は腰を浮かせた。

最近、香南子はまた番場を「お父さん」と呼ぶようになった。嬉しい反面、すこし照れくさかった。

わたしはなにをしましょう？　と言いたげに美雨が見上げる。いいから、と番場は目で制し、漆《うるし》の角盆を持って香南子の横に立った。

「やあ、美味《うま》そうだ」

「お魚屋さんに行ったら、いいかんぱちがあったから」

三合炊きのジャーは、そのままダイニングテーブルに運んだ。

赤白チェックのランチョンマットに、かんぱちの刺身、同じくかんぱちのカルパッチョ。夕顔《ゆうがお》の鶏《とり》そぼろあんかけ。葉生姜《はしょうが》の甘酢漬け。三つ葉を散らした落とし卵の味噌汁を並べる。ただし美雨の椀に、三つ葉はなかった。

「懐かしいな、この甘酢漬け」

「でしょう？　この季節になると、母が毎年作ったもの」

母とは香南子の亡母だ。美雨によく似た、はっきりした顔立ちの女性だった。あの年代にしては背も高く、現代的なルックスだったように思う。

ジャーを開けると、枝豆の炊きこみ飯が湯気を立てていた。

ビールがほしいところだったが、我慢して妻子に合わせ、番場も茶碗に飯をよそった。美雨が引きつづき断酒中だからだ。

――〝芹香〟とは、一度も呼べていない。

あの逮捕劇から、三箇月が経った。しかし番場も香南子も、美雨を「芹香」と呼んだことはいまだない。

――おそらく一生、このままだろうな。

そう覚悟していた。

美雨には二十四年間を〝飯島美雨〟、もしくは〝長下部美雨〟として過ごした実績がある。実親とはいえ、その年月を覆《くつがえ》すことはできなかった。

「……おいしい」

味噌汁に口を付け、美雨がぽつりと言う。

「そう？」

香南子が応じた。

「うちは赤味噌なんだけど、大丈夫？」

「あ、はい。白より赤味噌が好きです」

「よかった」

淡々とした会話だった。しかし番場にとっては、この起伏のない平穏が、なによりありがたかった。

三箇月を経て、美雨はようやく長下部の死を受け入れつつあった。

こうしてまともに食事を摂れるようになったのも、つい最近のことだ。それまでは、水を飲んでも吐いてしまう日々だった。美雨のこけた頬に、当時の精神的ショックの名残りが見てとれた。

長下部の死因は心臓損傷。番場の見立てどおり、ほぼ即死であった。

――そして山村誓も、死んだ。

ハンティングナイフで、肝臓および肝動脈を貫かれたことによる失血性ショック死である。搬送中の救急車内で、彼は息をひきとった。

一方、飯島市果は警察の取調べにこう供述した。

「長い長い悪夢を見ていたような気がします。いまだに、現実感がありません」と。

彼女は山村誓を刺殺したことをあっさり認めた。

番場をポットで殴打した件については、

「急にバスルームから人が飛びだしてきて、怖かったです。山村と格闘をはじめたのは見ていたけど、敵とか味方とか、考える余裕がありませんでした。生きのこりたい一心で、無我夢中でした」

と述べた。

「それまでは、怖くて山村の言いなりでした。でも姉が、美雨ちゃんが危ないと思って……あの瞬間、はじめて山村に反抗できました。あいつを殺さなきゃ、姉が殺されると思った。そのときまでは、ずっと脳が麻痺していました」

一方の美雨はこう証言した。

「市果は、わたしを取りもどしたくてやったんです」

「すべて妹の計画だったと思います」

「市果を、早く逮捕してください」

「ある意味、主犯は市果なんです。お願いです。死刑にしてください」

取調官も検事も、美雨の訴えのほとんどを聞き流した。夫を殺された直後で、気が昂《たか》ぶっているのだと解釈した。

筋が通っているのは市果の供述のほうだった。検視結果とも一致していた。「すべて妹のせい」と言いたてる美雨には、なによりアルコール依存の病歴があった。

——思えば、美雨が情緒不安定だったのは当然だ。

番場は思う。

保護されたとき、彼女は満八歳だと思われていた。しかし現実には五歳と一箇月であった。精神的に混乱し、適応できなくて当然である。救いを求めてアルコールに溺れたのも、無理からぬことであった。

だが市果の母がなぜ、市果と美雨を替えて育てたかは謎のままとされた。美雨もその点は説明できなかった。

「デザートは、すいかを切ったの」

香南子が穏やかに言う。

「すいか、好き?」

「……好きです」

なぜか美雨は、くしゃりと泣きそうに顔を歪ませた。そして番場のほうを向き、言った。

「いち——いえ、飯島はどうなるんでしょう」

番場は正直に答えた。「わからない」と。

飯島市果の公判は、先週はじまったばかりだ。

市果の山村誓殺害については、検察は不起訴処分とした。市民の「正当防衛だ」という声に後押しされたかたちであった。同様に、番場への傷害も不問とされた。

ただし、幇助《ほうじょ》の罪はべつだった。山村が犯した殺人、強盗致傷、死体遺棄、窃盗などを幇助した共同正犯として、市果は複数の罪に問われた。

「どうなるかは――わからない」

番場は繰りかえした。

親として、美雨の主張は信じてやりたい。だがそれを含めての「わからない」が本音だった。美雨の言うやりとりが姉妹間でおこなわれていたとき、番場は床で意識を失っていた。

殴打された件で、市果を恨んではいない。突然ユニットバスルームから飛びだした自分に、彼女は怯えただけだろう。

ストックホルム症候群と理性のはざまで揺れる市果が、まず山村の味方をしたこと。姉を殺されそうになってわれに返ったこと。どちらもごく自然な流れに思えた。

「飯島市果が実刑になるかは、五分五分に思えるが――」

番場は美雨に微笑んだ。

「公判の行方は、おれたちも一緒に見届けるよ。きみを一人にはしない」

香南子が箸を置く。美雨の肩にそっと触れる。

美雨もまた、箸と茶碗を置いた。

彼女はうつむき、小刻みに肩を震わせはじめた。

――おれたちは、すぐには完全な親子になれまい。

番場は思った。

おそらくこの先も、三人一緒に住むことはないだろう。だが付かず離れずの生活でかまわなかった。幸せだと、番場は心から思えた。

これで充分だ。あてどもなく娘を捜していたあの日々に比べれば、いまのおれたちは十二分に幸福だ――。

レースのカーテン越しに、七月の陽射しがまぶしかった。

3

市果は眠りが浅い。

子どもの頃からそうだった。二時間以上、つづけて眠れたためしがない。ちょっとした物音や光で、すぐにびくりと目を覚ます。浅い眠りの中でいやな夢ばかり見る。

――拘置所では、とくにそうだ。

ゆっくりまぶたを上げた。

――だから毎日、眠くてしょうがない。

眼前では、裁判長がちょうど判決文を読みあげるところだった。

「主文。被告人を懲役四年に処する」

傍聴席から、軽いどよめきが起きた。

理由は市果にもわかった。「処する」のあとに「ただし」が付かなかったからだ。

ただし、が付けば「×年の間、執行を猶予する」とつづく。だが今回は「処する」で終わったから、つまり実刑判決である。執行猶予はなしだった。

――四年間、刑務所に入るってわけね。

法廷の照明に目をしょぼつかせながら、市果は思う。

べつだん怖くはなかった。悲しくもなかった。規則まみれの集団生活なら、養護施設で慣れきっている。

「犯罪事実、第一、粗麦《あらむぎ》事件。被告人は栃木県粗麦市諸川《もろかわ》町二丁目の路上において、別紙一被害者目録記載の……」

傍聴席の最前列には、いとしい顔があった。

美雨だ。亡き夫の遺影を胸もとに抱えている。張りつめたような無表情で、じっと市果を見つめている。

市果は、薄く美雨に微笑みかけた。

「第二、死体遺棄については刑法第一九〇条を適用し……」

弁護士はきっと控訴を勧めてくるだろう。

しかし市果にそのつもりはなかった。この国の裁判は長すぎる。さっさと決着を付けてしまいたかった。

さいわい世間は、市果に対し同情的らしい。

減刑嘆願書の署名も万単位で集まったそうだ。みな、市果を哀れな被害者だと思っているのだ。凶悪犯に拉致され、ストックホルム症候群に陥った、罪のない無垢な女性だと。

恵まれぬ生い立ちも、姉を助けたい一心で山村を刺したことも、逮捕後は諄々《じゅんじゅん》と反省の念を述べたことも、すべてがプラスに働いた。

いやらしい話だが、どうやら市果のルックスも世に受けた理由らしい。小柄で童顔な市果は、世間が望む被害者像にぴったりだった。色白の頬を見せてうつむくと、まさに悲劇のヒロイン然として映った。

裁判長の声がつづいている。

「……が与えた、社会的影響は重大である。しかしながら長期にわたる拉致が、被告人の人格に影響を与えたこと、主犯の支配下で従属的であったことを考慮し、精神的に主体性を失っていたと言わざるを……」

——セイと一緒に、イノリも死んだのかな。

市果はぼんやりと思う。

イノリに二度と会えないことだけは、つらかった。いまでも会いたかった。寂しくてたまらなかった。反面、セイのことはどうでもよかった。

おかげで市果は警察の取調べに対し、

「すべて山村に命じられたことです」

「最初のうちは、毎日怒鳴られ、殴られました。怖かったです。反抗する気力は、数日で萎《な》えました」

「殺されたくなくて、必死に山村の言うことを聞きました」

なんのためらいもなく、そう述べたてることができた。

ただし性的暴行だけは、頑として否定した。病院での診察結果も、市果の証言を裏付けた。彼女は正真正銘の処女であった。

「……よって、主文のとおり判決とする」

裁判長の声が響いた。

市果はいま一度、美雨を見やった。目を細めて微笑む。

対照的に美雨は、やはり顔を強張《こわば》らせていた。青ざめた頬も動かない眼球も、蠟人形さながらだ。微笑ましかった。

隣にいるのは、やっと見つけた両親だろうか。弁護士によれば、あの番場とかいう男が美雨の実父だったそうだ。知っていれば、死ぬまで殴ったのに——。微笑みながら、市果は思った。

——待ってて、美雨ちゃん。

いとしい姉に、市果は胸中で呼びかけた。

イノリがほんとうのわたしを呼び覚ましてくれた。あんたの実父が、ほんとうにほしいものを再確認させてくれた。わたしにはやっぱり、あんたしかいない。

——四年くらい、なんてことない。

四年後、わたしは三十歳……いや、三十二歳だ。まだまだ若い。あんたがどこに逃げようが関係ない。

どんな手を使っても、見つけだしてみせる。

市果は目を閉じ、息を深く吸いこんだ。

まぶたの裏で、桜があえかに散った。

引用・参考文献

『殺人百科』一巻・四巻　佐木隆三　徳間文庫
『復讐するは我にあり』佐木隆三　講談社文庫
『ケースで学ぶ犯罪心理学』越智啓太　北大路書房
『刑事ドラマ・ミステリーがよくわかる警察入門　捜査現場編』オフィステイクオー　じっぴコンパクト新書
『殺人犯はそこにいる』清水潔　新潮文庫
『犯罪の心理学　なぜ、こんな事件が起こるのか』中村希明　ブルーバックス
『警視庁検死官』斎藤充功　芹沢常行監修　学研M文庫
『闇に消えた怪人　グリコ・森永事件の真相』一橋文哉　新潮文庫
『犯罪・非行の社会心理学』水田恵三　ブレーン出版
『戦前昭和の猟奇事件』小池新　文春新書

本書は、書き下ろし作品です。

ふたり腐《ぐさ》れ

二〇二五年四月　二十　日　印刷
二〇二五年四月二十五日　発行

著者　櫛木理宇《くしきりう》
発行者　早川浩
発行所　株式会社　早川書房
郵便番号　一〇一 - 〇〇四六
東京都千代田区神田多町二ノ二
電話　〇三 - 三二五二 - 三一一一
振替　〇〇一六〇 - 三 - 四七七九九
https://www.hayakawa-online.co.jp
定価はカバーに表示してあります

印刷・製本／三松堂株式会社

ISBN978-4-15-210418-2 C0093

乱丁・落丁本は小社制作部宛お送り下さい。
送料小社負担にてお取りかえいたします。